Dat dat dat gifft!

Anekdoten
aus Stadt und Land
Oldenburg

Gesammelt
von
Heinrich Diers

VERLAG SCHUSTER IN LEER

ISBN 3 7963 0016 2
2. verbesserte Auflage 1973

Grafik: Erna de Vries
Schrift: 9 Punkt Helvetica
Gesamtherstellung: Hans Kock,
Buch- und Offsetdruck, Bielefeld
Printed in Germany

Wat in dit Book insteiht

Buurn

Doon, nich snacken!

Reent Remmers is 'n groden Buur in't Jeverland. He hett sin Stä best in'e Reeg. Ok 'n beste Fro hett he. Reent kann alles, blot dat Snacken is em nich an. He hollt dat mit dat Bibelwoort: „Eure Rede sei ‚Ja! Ja!' – ‚Nein! Nein!' und was darüber ist, das ist vom Übel." Sin Fro hett sik an sin Aart wähnt. Man af un to is se doch reinweg baff.

Kummt dar eens Daags Reent an't Huus, geiht up sinen Rüschenarmstohl sitten, drinkt sin Köppke Tee un seggt denn:

„Anna! Kunnst mi woll min sonndaagsch Tüüg trechtleggen un 'n Kuffer packen. Ik will morgen eben weg!"

„Is goot. Wo wullt denn up to?"

„Will Karl besöken!"

De Fro weet nich, wat se seggen schall. Hett se recht höört?

„Karl? Dinen Broder Karl? De wahnt doch in Amerika!"

„Dat weet ik!" antert Reent. He seggt dat so kortaf, dat sin Anna-Fro weet, se draff nu nich mehr fragen.

Se schüddkoppt, leggt avers allens trecht un packt den Kuffer.

Den annern Morgen lett Reent van 'n Knecht anspannen, seggt sin Fro Adschüüs un föhrt mit 'n Kalesch na Bremerhaven.

Dat duurt 'n Maand, do kummt ut New York 'n Postkaart. Reent mellt, he is in de Staaten ankamen. Noch 'n Maand later kummt noch mal 'n Kaart. De hefft Reent un sin Broder Karl tosamen unnerschräven.

Nägen Maand later kummt 'n Autotax up den Remmershoff. Reent stiggt ut, betahlt den Fahrer, geiht in'e Dönz, sett't sik up sinen Rüschenarmstohl un seggt to sin Fro:

„Anna! Ik schall ok gröten van Karl. Dat geiht em goot! – Tscha, un nu gääv mi man 'n Köppke Tee."

Reent Remmers un sin Anna-Fro hefft noch lang glücklich tohoop läävt. Man van sin Reis na Amerika hett Reent nix mehr vertellt.

He snackt to vääl

In't Jeverland is 'n Auditor (junger Jurist) ut Ollnborg versett't wurrn, de kin Platt versteiht. He vertellt dat sinen Amtsrichter, as he mal 'n Termin up 'n Lannen afholen schall: „Wie fang ich's an, wenn ich mit den Leuten im Wirtshaus zusammensitze? Ich fürchte, man genießt gleich weniger Vertrauen, wenn man sich nicht plattdeutsch unterhalten kann." – „Och!" seggt de Amtsrichter. „Wenn's weiter nichts ist! Prägen Sie sich nur drei Redensarten ein: Dat's so wat! – Dat schäält 'n Bült! – Dar liggt't jüüst in! – Damit können Sie vollständig auskommen!"

Us Auditor geiht denn ja los, un as de Termin to Enn is, sitt he richtig noch 'n bäten mit de Buurn in'n Kroog.

Vääl snackt ward dr nich. „Moi Wäär vandagen!" seggt de een. – „Dat's so wat!" seggt de Auditor. Denn is't 'n Sett still. Do seggt 'n annern: „Dat is to dröög! Wi bruukt nödig Rägen!" – De Auditor seggt: „Dat schäält 'n Bült!" Na 'n lange Tiet seggt de drüdde: „Man nich to vääl!" – De Auditor seggt: „Dar liggt 't jüüst in!"

As de Auditor afföhrt is un de Buurn wedder alleen sünd, meent se, de nee Auditor weer doch 'n netten Keerl.

„Man he snackt to vääl!" meent de ool Wessels.

Blot nich eenspännig!

Vör 'n eersten Weltkrieg geev't in't Ollnborger Land de „Großherzoglich-Oldenburgische Eisenbahn", de G. O. E. „Ganz ohne Eile", sään de Lü dr ok woll höhnsch to. Böse

Tungen vertellen, de Fahrgäst, de mussen van Tiet to Tiet utstiegen un Torf mit upladen, dat de Heizer wat to böten för de Lokomotiv harr.

To disse Tiet is de grode Buur Klaas Drees ut Berne in Ollnborg wäsen. Gegen Abend geiht he na 'n Bahnhoff un will wedder na Huus. He geiht an 'n Schalter:

Drees: Eenmal eerster Klaß na de Beernt. Wennehr geiht de Zug?

Beamter: Tscha, deit mi leed. De Zug is al weg! Denn mööt't Se den nächsten nehmen, morgen fröh Klock säben.

Drees: Mann! Klock halvig seß mööt ik al in'n Stall wäsen!

Beamter: Denn gifft't nix anners, denn mööt't Se al 'n Extrazug nehmen!

Drees: Goot! Nehm ik! Wat kost't dat?

Beamter: Ja, ja, Dat mööt ik eerst mal uträken! – – – Dat maakt foftig Daler!

Drees: Hier is dat Geld! – Ik töov in'n Wartesaal.

–––

Beamter (na 'n lange Tiet, mit 'n Pingel): Instiegen to 'n Extrazug na de Beernt!

Drees: Wo steiht he?

Beamter: Hier! Een Wagen un 'n Lokomotiv!

Drees: Wat is dat? Blot e e n Lokomotiv? Klaas Drees is sin Lääv noch nich eenspännig föhrt! Hier sund noch dartig Daler! Nu spann dr man noch so 'n Lokomotiv vör!

De Dickkopp

Buur Harmjanns kummt s'abends na Huus, an'e Hand 'n Päärd, wat dr stark lahmen deit.

Sin Naver Gerdsen sütt dat un fraagt wat höhnsch:

„Na, Naver! Din Päärd, dat lahmt ja!"

Do seggt Harmjanns ganz geruhig:

„Ja, dat dumme Deert hett mi vör 'n Kopp slaan!"

Ich bin hergewuppt!

In fröher Tieden, as dat noch kin Chausseen geev, do weer dat 'n stuur Stück, apartig bi natt Wäär, dör den Klei na 'n Ball hen un nahst wedder trügg na Huus to kamen.

As is in B'raav (Burhafe) in Butjarland een van de Buurndochters van 'n Gast ut de Stadt fraagt wurd, of se denn herfahren weer, do sä de Deern:

„Nein, mein Herr! Ich bin hergewuppt!"

De Stadtminsch verstund dat nich. De Buurn, de verklaarn em dat: „'n Wupp", sä'n se, „dat is bi us 'n Fahrtüüg mit twee Rö (Räder). Süh, un so 'n Wupp, dar kaamt twee Päär vör. Dar kann 'n denn mit dör den deepsten, smärigsten Klei kamen."

Dar kummt 't van!

In de ool Tiet keeken de Kleibuurn bannig minnachtig up de Geestbuurn dal.

So 'n Paster keem is bi Buur Meints un verklaar em, he kunn sinen Söhn nich kunfermeern. He weer ja anners goot, man he harr nich noog lehrt. Meints gung dr gegen an. Man de Paster vertell so vääl Saken van den Söhn, do keem de Buur nich gegen an. Toleßt seet he, dach 'n Tietlang na un meen denn:

„Tscha! Dat magg denn doch woll so wäsen! Min Fro är Grootmoder, de is van'e Geest. Dar kummt't van!"

Messer un Gabel

In de Franzosentiet keemen is Suldaten up 'n Buurnhoff in Butjarland.

De Offizier sä to 'n Buurn, he schull düchtig wat to äten un to drinken bringen. Um em bang to maken, lä he sinen blanken Degen up 'n Disch.

De Buur gung rut, haal 'n Meßfork un lä se dr gegen up 'n Disch.

„Was soll das bedeuten?" froog de Offizier.

„Och!" sä de Buur. „Ik dach, bi so 'n groot Meß, dar höör ok 'n grode Gabel!"

Koh-Charakter

De Paster besocht den Bruns-Hoff.

De junge Fro stillt jüüst är Kind. Dat is 'n wahre Pracht, wo dat sugen deit. Do meent de Paster:

„Ja, beste Fro Bruns! So is't recht! Mutterbrust gibt dem Kind den Mutter-Charakter!"

Fro Bruns kickt den Paster 'n Ogenslag an, smuustergrient un seggt denn:

„So, meent Se, Herr Pastor! – Wenn dat stimmt, denn mussen vandagen de meisten Kinner ja 'n Koh-Charakter kriegen!"

Die Frau lenkt

Bauer Willem Bröker hatte es weit gebracht. Aber seinen Wohlstand verdankte er wohl der steuernden Hand seiner Frau Elke. Und doch ging die Befehlsgewalt der Elke dabei etwas zu weit.

Sie gab ihm wöchentlich nur zwei Mark als Taschengeld, mischte sich aber auch in Dinge persönlichster Art.

Als Willem Bröker sich an einem nebligen Wintertag eine schwere Grippe zugezogen hatte, zwang hohes Fieber ihn, das Bett aufzusuchen.

Wie erstaunt aber war sein Nachbar Janßen, als er ihn bei seinem Krankenbesuch im Stall vorfand, wo er dem Vieh das Futter vorwarf.

„Nanu? Ik meen, du büst krank, Willem?" sagte Janßen.

Willem antwortete still und bescheiden:

„Moder, de seggt, ik weer gesund. Un wat schall ik dr gegen an snacken!"

X Verswender

Anton Wiggers kummt na sinen Fründ Buur Bartels in Butjarland. He dreppt avers blot de Fro, de in'e Köök an 'n Heerd togang is. Dar is 'n Pott heel lustig an't Bruttjen, un dat rückt moi lecker. Anton Wiggers, de seggt:

„Hm! Bi Jo gifft't vandagen schiens wat Leckers!"

„Ja, Höhnerzopp!"

„Höhnerzopp? Is denn een krank bi Jo?"

„Krank? Nä!"

„Wat sünd Ji doch för Verswenders!"

„Verswenders!" meent de Fro un lacht. „Verswenders, blot, wiel't Höhnerzopp gifft?"

Anton Wiggers schüddkoppt:

„Wat sik de Tieden doch ännert! – As ik lütt weer, do geev't so wat nich! Do weern de Buurn vääl to nau (geizig) to. Wenn't domals Höhnerzopp geev, denn weer de Buur krank oder – 'n Henn!"

Kort un bünnig

In de Franzosentiet, as Herzog Peter Friedrich Ludwig na Rußland gahn weer, regeer in't Ollnborger Land de franzöösch Präfekt Käferberg. De nehm den Mund glieks bannig vull un snack van gollen Tieden för us Land.

„Ollnborgers!" reep he. „Jo Heiden, dar maakt wi de besten Ackers för Weeten un Roggen van!"

He hett't säker goot meent. He schreev darum ok an 'n Buur up de Geest, he schull em doch is vertellen, up weck Aart man na sin Dunken de Heiden an'n besten kultiveern kunn.

De Buur weer een van den olen, däägten Slag. He anter kort un bünnig: „Eerst laten Se man mal dreemal veeruntwintig Stunnen Kohschiet up us Heiden rägen, un denn fragen Se man is wedder an!"

Dünger

Wilhelm Gleimius, einer der Gründer des Ammerländer Bauernhauses in Bad Zwischenahn, erzählte:

Als junger Reisender für eine Wattefabrik in Hannover landete ich nach abenteuerlicher Fahrt durch die Lüneburger Heide bei bitterer Kälte und starkem Schneetreiben spät in der Nacht in völlig erstarrtem Zustand in Sittensen. Ein behaglicher Gasthof empfing mich, und in der warmen Gaststube taute ich langsam wieder auf. Der Wirt sorgte bestens für mich, und als es am nächsten Morgen ans Bezahlen ging, meinte er: „Du büst hier güstern abend ankamen, hest di goot warmt, hest düchtig to Abend äten, hest 'n halven Buddel Wien drunken, hest di warm in't Bett leggt, hest vanmorgen Koffi un Botterbroot hadd, un ik will di man seggen: tosamen annerthalv Daler.

Ich bezahlte und wollte mich verabschieden, als der Wirt mich anhielt und fragte:

„Düvel weg! Dat harr'k bold vergäten! Hest ok schäten?"

Einigermaßen baff bejahte ich diese unverblümte Frage, worauf der Wirt sagte:

„Denn kriggst fief Groschen wedder!"

Sprach's, langte in die Tasche und gab mir die fünfzig Pfennig zurück.

Das war die Zeit, als es noch keinen Kunstdünger gab. Die karge Heide verlangte dringend natürlichen Dung.

X Dat Swien

Buur Bernd Müller will na Ollnborg. He sitt al up 'n Wagen, dat Leit un de Swääp in'e Hand, as sin Fro ut'e Döör kummt un em fraagt: „Bernd! Wenn nu de Upköper Kassens kamen schull wegen de grode Mutt, wat schall ik denn seggen?"

„Du weeßt ja goot, wat se kosten schall, Gesine. Anners kann he se nich kriegen!"

Abends, as Bernd an't Huus kummt, fraagt he glieks na Kassens.

„Ja, Vader! Ik heff se em verkofft. Man du mußt noch eben bi em anropen, dat du dr mit inverstahn büst!"

„Och, so 'n Himphamperee!"

As Bernd Müller nahst noch 'n Ruus in 'n Kroog sitt, hett he bi Kassens anpingelt. Kassens lacht över Müller sin Wöör:

„Hier is Bernd Müller! Moin! Mit den Verkoop van min Fro bün ik inverstahn! Du kannst dat Swien man afhalen laten! – Moin!"

Dat Smeicheln

Buur Hinners hett sinen Knecht Jan künnigt. Jan is al to lang up den Hoff, lett sik rein gar nix mehr seggen un is alltiet mit de Snuut vörweg.

„Ik heff dat satt!" seggt Hinners. „Du kannst to'n Ersten gahn!"

Jan neiht de Döör achter sik to un geiht na 'n Kroog; s'abends kummt he bannig ansmoort weder an't Huus. Up de Daal dröppt he sinen Deenstherrn un ballert em an:

„Du, Hinners – hup! – goot, dat ik di draap, du Oß! Ik wull di – hup! – blot seggen, du Galgenkreih, dat ik di den Gefallen nich doo, – hup! – un mi arger, du Bull! So 'n dösigen Sladderdartein as du – hup! – de kann mi künnigen so vääl as he will! Du büst vääl to dammlig – hup! – ik will di't man seggen, du Spaddelbüx: wenn Dummheit weh dee, denn wurdst du bölken as 'n Bull!"

Hinners bleev ganz ruhig. „Laat man, Jan!" sä he. „Dat blifft dr bi, wat ik di seggt heff. Dat Smeicheln helpt di nix!"

He kann sik dat leisten!

„Du, Kassen!“ seggt ’n goden Fründ to den Jaspers-Buur. „Wat is dat blot mit di? Din Jung, de Hans, de föhrt alltiet eerster Klaß, smöökt dicke Zigarrn un deit sik, as wenn’t nich uptokriegen weer. – Un du föhrst tweeter Klaß, wenn du’t nich gar to Foot afmaakst, suggst an din ool tweie Piep un mi ducht, nich jüüst den besten Kanaster?“

„Tscha!“ seggt Kassen Jaspers un plieroogt sinen Fründ knääpsch an. „Dat is ok ’n ganz anner Saak. Min Jung, de kann sik dat leisten. He hett ja ’n rieken Vadder, un den heff ik nich!“

De sieden Mutz

In Butjarland lääv in olen Tieden ’n düchtigen Buur. Daagöver stund he stramm in de Sälen, versorg bito noch ’n paar Ehrenämter. Man s’abends seet he mit Pläseer in ’n Kroog. He keem al ’n Stunn ehder as de annern Buurn, sett sik bi’t Finster, Brill up, de sieden Mutz ’n bäten in ’n Nack, un lees in’t Blatt.

Hen un wenn greep he na sin Mutz, nehm se af, keek dr hennin un sett se wedder up. So gung mit Lesen un Vertellen de Abend hen.

Stund he up, denn froog he: „Wovääl?“ – „Seßuntwintig lüttje Franschen!“ sä de Kröger. Tscha, dat stimm denn woll. To minnsten sä de Buur nix, betahl un gung.

De annern Buurn weern an’t Raden. „Begriept wi nich, wo de Ool dat maakt!“ sä’n se. „Numms sutt of hööort, dat he wat bestellt!“

As de Buur nahst na de Stadt tagen weer, keem dr de Kröger mit rut. De Ool harr sik schaneert, dat em de Franschen so goot smecken deen. Darum harr he mit den Kröger afmaakt: „De sieden Mutz afsetten un wedder up, dat heet: To! Doo mi noch man eenen!“

Alkohol

In Bramsdorp, wo de Superee so recht in 'n Gang is, kummt is 'n Anti-Alkohol-Apostel un hollt 'n Versammeln af. Dat ganze Dorp is tohoopkamen. Us leev Apostel kummt so recht in't Füür. He verklaart de Lü, wo gefährlich de Alkohol för de Minschen is.

As he utsnackt hett, steiht de Borgermeister up un seggt:

„In 'n Namen van us Gemeen dank ik Herrn Meyer för sinen moien Vördrag. Ik segg, glööv ik, nich to vääl, wenn ik verklaren doo: Wat Herr Meyer vertellt hett, dat is em van Harten kamen, un dat is us ok to Harten gahn. Hier in 'n Saal is woll nümms mehr, de nich mit mi utropen mugg: Weg mit dat leege Tüügs! Weg mit den Alkohol!

Man wat bruukt wi ok den Alkohol, min leeven Frünnen. Wi hefft ja hier den goden olen Koorn!"

Goot drapen

Twee Buurn harrn in Varel up 'n Markt är Swienen goot verkofft. Se dreepen nahst in 'n Kroog 'n Gelegenheitsmaler, de för 'n Ei un Botterbroot Minschen un Deerter as Konterfei to Papier broch. De beiden Buurn wullen den Keerl ok wat tokamen laten. De een leet sik sülven, de anner 'n Swien malen. Se wullen dat Bild to Huus är „Moder" schenken. Beide steeken de Biller in'e Manteltasch. In 'n Kroog weer avers 'n Ulenspeegel. De gung bi un vertuusch stilkens de beiden Biller.

As nu, laat in'e Nacht, de een Buur van sin Fro düchtig utschimpt wurd, meen he goothartig:

„Schell man nich, Moder! Ik heff di ok wat mitbrocht! Ik heff mi afmalen laten! Lang is in min Manteltasch! Dar is't in, dat moi Bild!"

De Fro deit dat. Se bekickt sik dat Bild un fraagt denn ärn Keerl:

„Jan! Segg is, büst du dat?"

„Ja!" seggt he stolt.

„Ja!" seggt de Fro un smitt em dat Bild mit dat Swien an 'n Kopp. „De Maler hett di goot drapen! Jüüst akraat so 'n Swien büst du!"

Solide

Bi Buur Martens is de Blitz inslaan. Dat ool, prächtig Buurnhuus is afbrennt. Man nu is't wedder upboot. Vandagen is Richtfest. De Buur sitt twüschen Timmerlü un Muurlü un lett den Brannwiensbuddel umgahn.

Wieldes steiht Moder Martens mit den Bomeister vör den Neeboo un seggt: Un, Herr Bomeister, wat ik noch seggen wull. Dat Woort, dat mööt dar baben an 'n Döörbalken wedder an."

„Wat hett dar denn anstahn, Fro Martens?"

„Ja, Herr Bomeister, dar stund an: solide o gloria."

De Bomeister lacht so 'n bäten un seggt:

„So! Na, denn stund dar woll: soli deo gloria. Dat heet ‚Gott allein die Ehre'. – Man, wat meent Se, Fro Martens, denn kunn dat ja ok foors up Düütsch anschräven weern!"

„Nä, Herr Bomeister, nä! Dat mööt dr so wedder hen, as dat wäsen is! Se kennt ja minen Keerl. He geiht to geern in 'n Kroog un lett sik dar vullopen. Darum: dat ‚Solide', dat mööt dr wedder hen!"

Dichters

Hinten an der Ollen!

Oldenburger Hoftheater – Herbst 1890: erste Leseprobe für Georg Ruselers (1866–1920) Trauerspiel „Die Stedinger".

Im vierten Akt sieht Thammo von Huntorp, daß bei dem Flußübergang über die Ollen Detmar tom Dyk und sein Heerhaufe mit reicher Beute von der zerstörten Burg Schlutter heimkehren. Er meldet das mit den Worten:

„Hinten an der Ollen wird's lebendig!"

Da hören Ruseler und der Theaterdirektor, wie die Schauspieler in lautes Lachen ausbrechen.

Sofort sagt der Theaterdirektor: „Ruseler! Mensch! So geht das nicht! Können wir da nicht ein anderes Flüßchen nennen! Das ganze Theater würde ja lachen, wenn's ‚hinten an der Ollen' lebendig würde! Das mußt du ändern!"

Ruseler änderte:

„Hinten an der Ochtum wird's lebendig!"

So kann't kamen!

Auf einer seiner vielen Wanderungen kommt der Oldenburger Heimatforscher und Dichter Emil Pleitner (1863 bis 1925) eines Tages in eine Bauernwirtschaft. Hinter der Tönbank steht ein altes Mütterchen, das sich krampfhaft bemüht, mit den Sommergästen hochdeutsch zu reden. Jedesmal, wenn jemand eine Tasse Kaffee bestellt, setzt sie ihr Mundwerk auf vornehm, sagt: „Tscha, das können Sie geerne hebben", humpelt nach der Küchentür und ruft mit lauter Stimme: „Tina! Een Taß Koffi!"

Als Emil Pleitner ihre Unbeholfenheit in der hochdeutschen Sprache merkt, will er sie von der Quälerei befreien. Er geht an den Tresen und sagt freundlich: „Na, Mudder, wo geiht 't? – Schall ik ok 'n Taß Koffi?"

Da guckt die Frau ihn mit großen, beleidigten Augen an, nickt kurz mit dem Kopf nach der Küchentür und sagt scharf:

„Gah man hen! Haal di een ut'e Köök!"

Professor Wilhelm Wisser

Geboren 27. 8. 1843 Klenzau bei Eutin, gestorben 13. 10. 1935 Oldenburg, sammelte und formte das plattdeutsche Märchengut. Seine Bücher: „Wat Grotmoder vertellt" und „Plattdeutsche Volksmärchen". Von 1902 an war Wisser am Oldenburger Gymnasium tätig.

Die Rache

Professor Wisser ließ sich am ersten Tag, da es altersmäßig möglich war, pensionieren, um sich ganz seiner Lebensarbeit widmen zu können. Zu seiner Tochter Hanna Thimig-Wisser sagte er in jenen Tagen im Scherz:

„So, nun bin ich pensioniert, und nun werde ich mich am Staat rächen für mein lebenslänglich viel zu kleines Professorengehalt. Nun sollt ihr mal sehen, was der Staat mir nachbezahlen muß! Ich werde mindestens 90 Jahre alt. Und damit ist es noch nicht getan! Dann lebt Mama die 16 Jahre, die sie jünger ist als ich, mir nach – wird auch 90 – und nun wollen wir mal ausrechnen, was das an Vermögen bedeuten würde!"

Professor Wisser hatte richtig prophezeit. Er lebte von 1843 bis 1935. Er wurde also gut 92 Jahre alt. Und seine Frau überlebte ihn wirklich noch 16 Jahre.

Gafflust

Frau Hanna Thimig-Wisser erzählt:

„Meine Eltern gingen viel ins Theater. Kein Philharmonisches Konzert wurde ausgelassen, auch die Oper liebten beide sehr. Als das Theaterabonnement erneuert werden sollte, wollte meine Mutter gern die Parkettplätze behalten. Papa wollte im Rang sitzen: „Man hört doch die Musik oben viel schöner." Sie konnten sich nicht einigen.

„Aber ich kann doch im Parkett viel besser sehen", sagte Mama.

„Auch noch s e h e n !" donnerte Papa. „In der Oper s e h e n ! Das ist ja die reinste Gafflust!"

August Hinrichs

Geboren 18. 4. 1879 Oldenburg, gestorben 20. 6. 1956 in Dehland/Huntlosen, weithin bekannt durch seine Romane, Novellen, Lyrik und vor allem durch seine hochdeutschen und plattdeutschen Bühnenstücke.

De Hahns kreiht

Wenn August Hinrichs in sin Jungkeerlstiet is s'abends mit sin Frünnen tohoopsäten harr un wat later na Huus keem, denn kunn he't nich laten, he muß de Hahns rebellsch maken. He kreih so lang, bet rund umto all Hahns an't Kreihn weern.

Den annern Morgen mark he denn avers, wat he anricht't harr. Sin Moder smeet em vör, he weer so unmunnig laat an't Huus kamen. Wenn he sik denn verdefendeer un sä, dat weer ja eerst Klock twölven un wenn't hoch keem Klock een wäsen, denn sä sin Moder: „Jung, dat stimmt nich! De Klock weer to minnsten veer. De Hahns, de weern ja al an't Kreihn!"

Die Flanke

Einen Blick in des Dichters „Zeit der jungen Liebe" läßt uns Georg von der Vring tun, wenn er August Hinrichs zu seinem 60. Geburtstag schreibt:

„Lieber Freund August, Du bist der erste Poet, den ich in meinem Leben mit eigenen Augen gesehen habe. Auch war es mir vergönnt, damals in Oldenburg, hoch oben von meiner kleinen Stube beim Sattlermeister Holert aus, wenn ich über meinen ersten poetischen Versuchen saß, Dich auf Deinen Liebeswegen zu beobachten. Unvergeßlich wird mir die turnerische Flanke bleiben, die Du vollführtest, um über den Hofzaun zu Deiner Liebsten zu gelangen."

Berühmt

August Hinrichs' treue Lebensgefährtin, seine geliebte „Mule", mußte dem Dichter manchmal eine Rüge erteilen. In seinem Arbeitseifer vergaß er nämlich ab und zu die nötige Hausordnung, ließ die Asche seiner unvermeidlichen Zigarre auf den Teppich fallen oder warf Streichhölzer auf Tische und Stühle. Ward ihm aber die Predigt seiner lieben Mule zu stark, dann hielt er ihr wohl ein Zeitungsblatt unter die Nase und sagte:

„Da, lies mal! Du weißt ja gar nicht, mit wem du hier schimpfst!"

Der Dank der Großen

August Hinrichs machte den ersten Weltkrieg als Sanitäter mit. Aus dieser Zeit erzählt er:

„Einmal mußte ich für den Geburtstag des Herrn Oberst Verse schmieden. Da lernte ich leider, daß der Dank der Großen nicht immer eine Wohltat für die Kleinen ist.

Ich wurde in den Regimentsstand befohlen, trottete bei strömendem Regen von meinem Unterstand eine Stunde weit dorthin, wartete eine weitere Stunde naß und frierend auf einem schmalen Flur, bis der Herr Oberst gegessen hatte, worauf er aus der Tür trat, mir herzlich die Hand schüttelte: ‚Sie haben also die Verse gemacht – großartig!' und in der nächsten Tür wieder verschwand.

Triefend und aufgeweicht zog ich durch den Regen zurück und schwur mir, nie wieder für große Leute zu dichten, wenn sie sich hinterher bedanken wollen."

Olendeelers

Kummt dar bi August Hinrichs is 'n Buur, 'n dannigen Keerl, so eben in de Seßtig. Eerst snackt he van Wind un Wäär, van Plaats (Bauernhof) und Päär. Un denn kummt he dr mit vör'n Dag, wat he up 'n Harten hett.

„Süh!" meent he. „Dat is so: Ik heff 'n Plaats, fiefhunnert Schäpelsaat best Kleiland. As ik 25 Jahr oolt weer, keem min Vader up Kösters Kamp. Siet de Tiet, dat heet al 'n gode veertig Jahr, heff ik dat Wäsewark mit min Meta verwahrt. Man schall sik nich sülven in 'n Roompott kriegen, dat weet ik. Man fraagt is de Lü bi us umto: Meent Meiners, de steiht bi är hoch in 'n Tell.

Man nu is min Jung, de Alert, so wiet. He hett sik to Micheli befreet. Hett 'n duchtige Fro krägen. Dar bün ik mit min Meta up't Olendeel gahn. De jungen Lü mööt't ja ok is ran.

Man de Saak hett 'n Haken. Well all sin Lääv in'e Sälen gahn hett, de mööt wat um de Hannen beholen. Un süh! dar heff ik mi dacht, – ik heff ja vääl sehn un belläävt –, ik kunn ok woll dat Dichten anfangen, so as Se dat doot.

Un dar meen ik nu: Se kunnen mi woll so 'n bäten unner de Arms griepen un mi seggen, wo man dat anfangen deit. Ik meen natürlich nich so 'n Himphamp as Gedichten un annern Lüttkraam, nä, wenn al, denn mööt't dat so Spills weern as Är ‚Swienskummedi', Är ‚Hahn' un Är ‚Katt'! – Tscha, wenn Se mi dar bi helpen kunnen. Ik meen, Är Schaden schall dat nich wäsen!"

August Hinrichs hett sik dat anhöört, hett nahst 'n Ogenslag plieroogt und hett denn seggt:

„Min leeve Meent Meiners! Se kaamt mi jüüst to Paß. Ik heff nu 'n gode foftig Jahr bi min Dichterwark säten. Nu mugg ik woll up't Olendeel gahn un wat anners anpacken. Ik mugg woll so 'n Buurnstä kopen. Un süh! Dar denk ik, Se kunnen mi woll is unner de Arms griepen un mi seggen, wo man dat anfangen deit. Ik meen natürlich nich so 'n lütten Kattenkraam up'e Geest, nä, wenn al, denn mööt dat so 'n Plaats wäsen as Se hefft. – Tscha, wenn Se mi dar bi helpen kunnen. Ik meen, Är Schaden schall dat nich wäsen!"

Dr. Alma Rogge

Geboren 24. 7. 1894 Brunswarden bei Rodenkirchen, gestorben 7. 2. 1969 Bremen-Rönnebeck, weithin bekannt durch ihre Lyrik, ihre Erzählungen und Romane sowie durch zahlreiche Lustspiele.

Die Doktorarbeit

Alma Rogge schrieb ihre Doktorarbeit über das Lustspiel. Professor Petsch gab sie ihr mit Anerkennung zurück. Nur ein Wort hatte der gute Professor anzukreiden gehabt, und zwar gleich an die hundertmal, denn das Wort kam in der theatergeschichtlichen Arbeit sehr, sehr oft vor. Alma Rogge hatte das Wort „Publikum" auch in der Mitte mit einem „p" geschrieben.

Wenn Alma Rogge später von diesem Schnitzer erzählte, dann blitzte der Schelm aus ihren Augen.

„Na ja!" sagte sie dann. „Über Orthographie kann man streiten. Es gibt solches und solches Publikum. Die eine Sorte werde ich immer noch mit einem ‚p' in der Mitte schreiben."

Zehn Minuten

In Oldenburg gab es einen Abend für Autoren. Junge Talente sollten sich mit ihren Arbeiten einem größeren Publikum vorstellen.

Auch Alma Rogge saß an dem Abend in der vordersten Reihe. Neben ihr, sozusagen als ihr Beschützer, saß August Hinrichs.

Die blutjunge Alma Rogge war sehr aufgeregt. Würde es gutgehen? Sie rutschte auf ihrem Platz hin und her, schaute, während andere lasen, hilfesuchend zu August Hinrichs hinüber. Zuletzt flüsterte sie ihm zu: „August! Ob's wohl gutgeht? Ich bin so aufgeregt!"

August Hinrichs tat, als höre er nichts.

Alma Rogge wartete. Dann flüsterte sie wieder:

„August! Hätte ich doch nur nicht zugesagt! Ich möchte in der Erde versinken!"

August Hinrichs rührte sich nicht.

Alma begann von neuem. Sie gab sich dabei einen Ruck, wollte sich selbst trösten und meinte:

„August! Ich hab Angst! Aber, was meinst du? Es sind ja nur zehn Minuten!"

Da endlich flüsterte August Hinrichs zurück und lächelte Alma Rogge vielsagend an:

„In zehn Minuten kann man sich glänzend blamieren!"

Murd un Dootslag

Dr. Alma Rogge vertellt:

Ik schull Examen maken un weer noch mal up 'n paar Daag to Huus bi min Ollern. Wenn ik gode Bekannte drapen dee, sä'n de bi't Ut'n-een-gahn: „Na, denn Hals- und Beinbruch!"

„Wat seggt de?" froog min Moder.

„Hals- und Beinbruch!"

„Wat schall dat denn?"

„Na, för't Examen!"

„Dat seggt 'm doch blot bi de Jägers."

„Nä, dat seggt 'm nu ok bi Examen un so 'n Kraam."

„So!" sä min Moder. „Denn mööt ik mi dat ja marken."

As ik afföhrn wull un min Moder de Hand geev, „Up Weddersehn", sä se, besunn sik 'n Ogenslag, schuddel min Hand noch eenmal:

„Na denn – denn Murd un Dootslag!"

Dokters un Aftheekers

Dat gifft vääl Aarten van Dokters: Dr. h. c., Dr.-Ing., Dr. agr., Dr. med., Dr. rer. nat., Dr. phil., Dr. jur., Dr. med. vet. un wat nich anners noch all. Man wenn dat Volk van 'n Dokter snackt, denn meent't blot den Minschendokter, un, wenn't hoch kummt, noch den Veehdokter.

Dat is nu so: Kin Minsch mag geern wat mit den Dokter to doon hebben. Wenn he't jichtens kann, geiht he em ut 'n Weg. He seggt: „'n Minsch in Dokters Hannen un 'n Vagel in Kinnerhannen, de sünd bold oolt noog.“ Man jüüst, wiel he dr so 'n Respekt vör hett, jüüst darum mag he dr geern Geschichten van höörn. Nich eernsthaftige! Nä, dar mööt so 'n bäten Spiejöök in sitten.

De „Pillendreiher“, as dat Volk den Aftheeker nöömt, is den Dokter sin Kind. In ganz ool Tieden hett de Dokter ja sin Pillen un Mixturen sülven trechtmaakt. Man as em dat to vääl wurd, do wurd dr 'n besunnern Stand van.

De lüttje Mann hett 'n bannigen Bammel för allens, wat ut de „latinsche Köök“ kummt. Is ja ok 'n snaakschen Kraam mit so 'n Aftheek: De välen Glöös un Buddels, de lütten un groden Schuuvladen. Un denn all dat Pieterpater van Namens, wo kin Swien ut klook ward!

Man dat slimmste sünd noch de hogen Priese. „Du büst woll bi 'n Aftheeker wäsen“, seggt man, wenn een to düür inkofft hett.

Well't jichtens kann, geiht de Aftheek wiet vörbi. Dar helpt ok de moien Deerter (Tiere) nix, de de „Düürverköper“ as Teeken an sin Huus sett't hett: Lööw, Hartbuck (Hirsch), Eenhoorn un so dr wat her. Nä, nä!

„Wi willt den Aftheeker man gahn laten un na 'n Dokter Bäcker gahn!“

Die Grabinschrift

Der Rasteder Apotheker Trapp war ein Spottvogel. Er machte dabei vor seiner eigenen Person nicht halt, sondern hatte auch sich selbst zum Besten.

Er wußte, wie die Rasteder über ihn dachten. Das zeigt die Grabinschrift, die er für sich selbst verfaßte:

„Hier ruht der Apotheker Trapp.
Gewogen hat er immer knapp.
Geld nahm er stets zu viel.
Jetzt ist er hier am Ziel."

Tröstliche Inschrift

In der Hirschapotheke zu Oldenburg kann man die folgenden, wahrhaft tröstlichen Worte lesen:

„De Welt, de geiht hier up un dal,
un jeden Minsch, de starvt insmal.
Nimm eerst din Medizin man in,
dat Enn schall sik van sülvst woll finn'n."

Brusttee

Eilert Eggers hat den Schelm im Nacken.

Geht er einmal in die Apotheke. Fragt ihn die hübsche Apothekerin: „Was soll es sein?"

„Ach!" sagt Eggers. „Ich hab mich erkältet. Geben Sie mir bitte etwas Fencheltee!"

„Tscha!" sagt die Apothekerin. „Fenchel kann ich Ihnen wohl geben! Den Tee müssen Sie sich schon selber machen!"

Er bekommt seine Tüte Fenchel.

„Danke!" sagt er. „Aber doppelt hält besser. Ich hätte gern auch noch etwas Kamillentee!"

„Tscha!" sagt die hübsche Frau. „Auch das geht nicht. Kamillen kann ich Ihnen wohl geben! Den Tee müssen Sie sich schon selber bereiten!"

Eggers bekommt seine Kamillen.

„Ja, und nun!" sagt er und schaut die Frau so recht freundlich an. „Drei ist Oldenburger Recht! Nun hätte ich gern noch etwas Brusttee!"

Kuh oder Frau?

Der Tierarzt wird spät nachts zu einem Bauern gerufen, dessen Kuh krank ist. Wenig erfreut über diese nächtliche – über 10 km lange – Fahrt durchs Moor, macht er sich auf den Weg und kommt nach verschiedenen Irrfahrten endlich bei dem Hof an.

Die Kuh hat Milchfieber. Nachdem der Tierarzt das Nötige veranlaßt hat, geht er in die Stube, wo die Frau im Bett liegt und anscheinend sehr krank ist. Der Atem fliegt, die Backen glühen. Da sagt der Tierarzt: „Jo Fro is avers swaar krank!"

„Ja, dat weet ik."

„Hefft Ji denn kinen Dokter hadd?"

„Nä!"

„So! Un na de kranke Koh laat't Ji mi laat in'e Nacht kamen!"

„Ja, Herr Dokter! Dat will ik Se reinrut seggen: 'n Fro krieg ik lichtfardig wedder, man 'n Koh nich. De kost Geld, un 'n nee Fro, de krieg ich umsunst!"

Up Latinsch

Ool Krischan Dreyer hett sik bi 'n Dokter unnersöken laten.

„Na, Herr Dokter, wat is nu mit mi? Seggen Se mi dat mal ganz uprichtig up Düütsch, wat mi fehlt! Nich up Latinsch! Dar kann ik ja doch nix mit anfangen."

„Na, dann will ich's Ihnen aufrichtig auf Deutsch sagen!" sä de Dokter. „Sie sind ein Säufer, ein Fresser und ein Faulenzer!"

„Danke, Herr Dokter! – Man nu seggen Se mi dat leever doch noch up L a t i n s c h , dat ik dat min Fro ok seggen kann!"

Nicht gesund

In der Zeit, als die erbbiologischen Erkenntnisse auch dem Volk bekannt wurden, erschien auf dem Konsulat in Oldenburg ein Mädchen vom Lande zur Erlangung einer Einreisegenehmigung für England.

Der Beamte schrieb Namen, Geburtstag usw. auf und fragte dann weiter: „Verheiratet?" – „Nein!" – „Kinder?" – „Ja!" – „Wieviel?" – „Drei!"

Der Konsul blickte nach dieser Antwort über seine Brille hinweg das Mädchen mit etwas kritischem Blick an. Das merkte das Mädchen natürlich. Um sich zu entschuldigen, sagte sie:

„Die sind aber alle von demselben!"

„Na, wenn die alle von demselben sind", fragte der Konsul, „warum heiraten Sie denn den Mann nicht?"

„Ja!" erwiderte das Mädchen. „Der Mann ist nämlich mein Vetter, und das ist ja nicht gesund."

Ji Leckertähnen!

Einem jungen, hübschen Mädchen waren vom Arzt Blutegel hinterm Ohr verordnet worden. Als der „Balbutz" nun seine Egel ansetzte, da bissen sie sogleich fröhlich an, und der Balbutz meinte:

„Kiek is! Ji Leckertähnen! Dat smeckt Jo! Güstern bi den olen Hofrat sin Hämorrhoiden, dar wullen Ji gar nich anbieten!"

Freud und Leid

Geesche Hecker aus Phiesewarden war Zeit ihres Lebens gesund gewesen. Mit siebzig Jahren aber stellten sich doch allerhand Gebrechen ein. Sie faßte daher den Entschluß, den Arzt in Nordenham aufzusuchen.

Ins Sprechzimmer gerufen, hörte der Arzt eine Zeitlang dem Bericht über ihre Krankheiten zu. Dann fragte er, um zur Sache zu kommen:

„Sagen Sie mal, Frau Hecker, leiden Sie denn auch an Blähungen?"

Da lächelte Geesche Hecker schamhaft und antwortete:

„Avers nä doch, Herr Dokter! Dar lie ik nich an! Dar freu ik mi doch to!"

De dumme Rat

Hinnerk is al 'n paar Wäken krank. Toleßt bestellt sin Fro den Dokter. De kummt, kickt sik Hinnerk an un fraagt:

„Na, Hinnerk, wo lang liggst du denn al?"

„An de veer Wäken schöölt't woll wäsen!"

„So! Veer Wäken! Un dar hest noch nümms fraagt?"

„Doch, Herr Dokter! Ik heff den Aftheeker fraagt!"

„So! So! Den Aftheeker! – Un wat hett de di för 'n dummen Rat gäven?"

Ik schull S e halen, Herr Dokter!

Das goldene Pflaster

Der Heilpraktiker Lanzius, geboren 1776 in Jade, „Doktor Ellhorn" (Hollunder) genannt, durfte seine Praxis nicht öffentlich ausüben.

Eines Tages erkrankte Großherzog Paul Friedrich August am „Brand" (Blutvergiftung) im rechten Bein. Das Fieber stieg. Die Hofärzte wußten nicht mehr aus und ein.

Da machte ein Lakai auf Lanzius aufmerksam. Der kam, besah den Fall und machte Umschläge. Das Fieber sank. Der Großherzog genas. Zum Dank durfte Lanzius seinen Beruf fortan frei ausüben.

Auf die wiederholte Frage, was er gebraucht habe, antwortete er nach längerem Zögern:

„Ik heff Umsläg maakt mit Karmelk un witten Törf."

In Wirklichkeit hatte er aber das „goldene Pflaster" angewendet: Umschläge von Kuhdünger.

Dat braken Been

Fied Lürs liggt mit 'n slimm Been up't Bett. He hett sik in 'n rusterigen Nagel ritscht. Dat is fürig wurrn un nu sütt't ut, as wenn dr de kole Brand (Blutvergiftung) tokamen is.

Dokter Meensen mööt dr her.

„Dat sütt ja slimm ut!" meent he. „Wenn't wiederlopen deit, is't mit di vörbi. Is doch woll dat Beste, wi nehmt dat Been af."

Man Fied Lürs will dr nix van wäten. He hett ok Glück. Dat Been bätert sik. Na twee Maand kann he al wedder lopen. Ja, he arbeit't al wedder.

Do passeert em bi 'n Huusrichten 'n Unglück. Een Tau, wo man 'n Spaarn mit ruptakelt, ritt, de Spaarn fallt dal, Fied kummt dr unner. Sin Been is braken.

Dokter Meensen mutt dr wedder her. He bekickt sik den Schaden un meent:

„Tscha, Fied! So is dat! Harr'k di domals dat Been afnahmen, denn harrst du't nu nich bräken kunnt!"

De gröön Medizin

In Övelgunn sturv 1842 'n Landdokter, de sik alltiet wat up sin Kunst to Gode dee. „Min witt, min gäl, min gröön Medzin!" Mit de dree harr he't alltiet to doon.

De beiden ersten, de seeg man allerwägens in de Hüüs: de witt väl, man ok de gäl seeg man is af un to. Dat he is de gröön verschräven harr, dat harr noch nümms belävt. Man ennelk keem ok se vör'n Dag.

As bi eenen Buurn de witt Medzin nich ansloog, sä de Dokter to de Fro: „Hett nix to seggen! He höövt blot 'n Buddel van de gäl Medzin to nehmen!“ Man de gäl Medzin hulp ok nich. De Fro seet in grode Angst. Mit den Buurn gung't van Dag to Dag slimmer. Man de Dokter bleev baben up. „Denn helpt dat all nix; denn mööt he 'n Buddel gröön Medzin hebben. Morgen bringt Se mi woll Bescheed!“

As de Fro den annern Morgen keem, reep de Dokter är to Mööt: „Na, wo steiht't?“ De Fro nehm de Schort vör de Ogen. „Ja, Herr Dokter, wo schall't stahn? He is doot!“

„Heff ik mi dat nich al dacht!“ reep de Dokter stolt. „Min gröön Medzin, de hett noch kin Minsch verdrägen kunnt!“

Aber Dr. Meyer nich!

In Brake war im vorigen Jahrhundert ein sehr tüchtiger und als menschenfreundlich bekannter Arzt, namens Dr. Meyer, tätig. Eines Tages wurde er zu einer Marschbauernfrau gerufen, die zu dem Kreis derer gehörte, die zu sagen pflegten: „Ik bün de Buur, de annern sünd blot lüttje Lü.“ Da Dr. Meyer noch einen schwerkranken Patienten in der Stadt zu behandeln hatte, verspätete er sich. Die Frau fuhr ihn deshalb barsch an. Das verbat er sich. Darauf sagte die Frau: „Och wat! För Geld kann 'm den Düvel danzen sehn!“ – „Aber Dr. Meyer nich!“ war seine Antwort. Dann empfahl er sich.

Die Redensart „Aber Dr. Meyer nich!“ war früher im ganzen Oldenburger Lande gebräuchlich.

Gesunde Jungen

Wenn der alte Delmenhorster Medizinalrat Dr. von Harbou auf dem Lande Krankenbesuche machte, nahm er auf der Rückfahrt oft Angehörige seiner Patienten mit zur Stadt, um ihnen den Fußweg zur Apotheke zu ersparen.

Auf einer solchen Fahrt kam er an einem heißen Sommertag an einer Brake vorbei, wo sich kräftige Jungen ohne Badeanzug im seichten Wasser und Schlick tummelten. Zwei von diesen Badegästen liefen splitternackt neben dem Doktorwagen her.

Die mitfahrende Frau rief den Jungen zu:

„Igitt, Jungs! Schaamt Ji Jo denn gar nich?!"

Und zum Arzt gewandt, sagte sie:

„Och, Herr Dokter! Wat denkt Se blot van disse Jungs?"

Der Medizinalrat blickte mit Kennermiene auf die kräftigen, gebräunten Jungenkörper und sagte schmunzelnd:

„Ik denk: dat sünd Jungs, dar kann ik kin Geld an verdeenen."

Dr. med. Wilhelm Heinrich Schüßler

Unsere Zeit ist nicht günstig für die Entwicklung von Originalen. Um so mehr hält sie die Erinnerung fest an Männer von echtem Schrot und Korn, die früher unter uns waren. Zu ihnen gehört Dr. med. Wilhelm Heinrich Schüßler.

In Zwischenahn 1821 als Sohn eines Amtseinnehmers geboren, studierte er Medizin in Berlin, Paris und Gießen. Im Alter von 36 Jahren ließ er sich in Oldenburg nieder und begann seinen Kampf um die Durchsetzung seiner neuen Lehre, der Biochemie. Am Hause Kurwickstraße 23/24 befindet sich noch heute eine Gedenktafel mit folgendem Wortlaut:

„In diesem Hause begann im Jahre 1857 Dr. med. Schüßler, * 20. 8. 1821, † 20. 3. 1898, sein Lebenswerk Biochemie."

Sein Hauptwerk „Eine abgekürzte Therapie“ erlebte 47 Auflagen. Darüber hinaus schrieb Schüßler noch 20 weitere Bücher und Broschüren sowie zahlreiche Schriften, in denen er Entgegnungen seiner Widersacher beantwortete.

Er war ein breit und kräftig gebauter Mann, mit vollen, frischen Wangen und leuchtenden Augen. Er trug auf seinem dichten, weißen Haar eine Tuchmütze. Er hatte etwas Urwüchsiges und bediente sich gern der plattdeutschen Sprache.

Auf dem Gertrudenfriedhof befindet sich sein Grab in der Nähe des Mausoleums. Der Grabstein trägt ein Reliefbild des Verstorbenen.

Die Biochemie hatte – und hat noch heute – begeisterte Anhänger, die in Vereinen zusammengeschlossen sind. Ja, die Biochemie ist von Deutschland aus über die ganze Welt verbreitet.

Von Mund zu Mund gehen zudem noch zahlreiche Anekdoten über den „groden Dokter“:

Eisen

Dr. Schüßlers Arzneimittel sind: Silicea, Ferrum, Kali Phosphoricum usw. Das Wort „Ferrum“ ist bekanntlich dasselbe wie „Eisen“.

Kommt da einmal ein Bauer zu Dr. Schüßler. Er war schon bei einem andern Arzt in Behandlung gewesen. Dr. Schüßler fragt: „Was hat man Ihnen bisher gegeben?“ – „Eisen!“ – Darauf Schüßler: „Eisen! Eisen! Ganz verkehrt! Sie müssen Ferrum nehmen!“

Visier

Eine Dame, die tief verschleiert zu ihm kam, wurde mit den Worten begrüßt:

„Heben Sie das Visier mal auf!“

Revolver

Mal keem 'n Mann bi em, de jammer un klaag:

„Och, Herr Dokter! Helpen Se mi doch! Dat geiht mi so slecht! Ik heff so 'n Pien! Ik will ok allens doon, wat Se mi seggt! Ik will dat Supen laten; ik will dat Smöken laten; ja, un mit Frolü heff ik nix in'n Sinn. Wenn Se mi blot helpt, dat ik noch 'n bäten läven kann!"

Dr. Schüßler höör sik dat an, man toleßt wurd 't em to vääl, un he sä:

„Min gode Mann! Bi Nolte in'e Langestraat – dat weer 'n Iesenwarengeschäft – is Utverkoop. Gahn Se hen, kopen Se sik 'n Revolver un scheeten Se sik doot! – Wenn Se dr doch nix mehr van hebben willt, wat willt Se denn noch up de Welt!"

Smöken

Mal kummt 'n Buur ut Ohmstä bi Dr. Schüßler. He hett de Jicht un will dr nu 'n Middel gegen hebben.

Dr. Schüßler gifft em wat. Denn meent he, de Buur schull up jeden Fall dat Smöken laten. Dat weer bannig slimm för em.

De Buur avers sütt, Dr. Schüßler sülven smöökt 'n lange Piep. Darum seggt he:

„Avers Herr Dokter! Se smöökt doch ok! Warum is dat denn för Se nich so slimm?"

Do snaut Dr. Schüßler den Buur an:

„Beste Mann! Wat geiht Se dat an, wenn ik roken doo! I k kann't ja verdrägen!"

De Butjenter Buur

Bi Dr. Schüßler kummt is 'n dicken Butjenter Buur, stähnt un swöögt unmunnig, smitt sik in 'n Lehnstohl dal un jammert un lamenteert:

„O Dokter, Dokter! Wat heff ik för 'n Pien!"

Dr. Schüßler kickt sik den Patschenten geruhig an, sett't sik ok in 'n Lehnstohl un fraagt:

„Min leeve Mann, nu vertellen Se mi is: Wo läävt Se so över Dag?"

„Wo meent Se dat, Dokter?" fraagt de Buur un maakt 'n heel bedröövt Gesicht.

„Ik meen, wennehr Se so upstaht, wat Se äät't un drinkt un wat Se so över Dag drievt!"

„Ja, Dokter!" seggt de Buur un läävt reinweg up.

„Wat ik so över Dag äät un drink, dat vertell ik geern. – Man – wat heff ik för 'n Pien!"

„Vertellen Se man! De Pien, de gifft sik!"

„Süh, Dokter! Ik stah s'morgens bi Klock of säben up, un denn hett Moder den Koffi al klaar. Ik sett mi hen un äät van all de goden Saken, de Moder för mi praatstellt hett. Dree, veer Stücken Stuten, dree of veer Bröötkens, darna 'n Ei mit 'n hannig Botterbroot un as Afsluß noch 'n defftig Stück Kees. Dree bet veer Taß Koffi loopt dr so twüschen dör mit bilangs. Denn kiek ik 'n Ogenblick in't Blatt. Us Moder vertellt mi wat; un denn nagra gah ik för 'n Gang na achtern. – Wenn ik mi denn so 'n bäten verträ'en heff, is't bi lüttjen Fröhstückstiet wurrn. – Och ja, Herr Dokter, dat Fröhstück! – Man – wat heff ik för 'n Pien! Wat heff ik för 'n Pien!"

„Vertellen Se wieder!"

„Ja, dat Fröhstück! Ik mööt seggen, us Moder versteiht dat. – Eerst gifft dat Pannkoken. Pannkoken is as Wiehnachtstiet, segg ik, so recht mit Fierdaag drin: Specklappen so groot as 'n apen Mannshand! Dokter, dat smeckt! – Dar nehm ik meisttiets twee van un denn dr achterher Schinken- un Wußtbotterbroot. To 'n goden Afsluß gifft Moder denn noch 'n Stück Koken un 'n extra gode Taß Koffi. Us Moder, ja, de weet allens ümmer so recht smacklik to maken! –

Man, Dokter! Wat heff ik för 'n Pien! Wat heff ik för 'n Pien!"

„Vertellen Se wieder!" seggt Dr. Schüßler, al wat unruhig.

„Ja, wat maak ik denn? – Ik kiek is na us Volk. Dat heet, ik laat anspannen un föhr över 'n Hoff na de Weiden un kiek na't Veeh.

Na, un denn föhr ik bi lüttjen na 'n Kroog to. Dar sünd denn meisttiets al 'n paar ut 'n Dorp. Wi vertellt us wat van't Wäär, van de Priese un van de Politik. Dar geiht't denn faken hoch bi her, un bet Klock twölven, halvig een sünd dr so 'n halv Dutz halve Liter bi runnerlopen.

Denn föhr ik so sinnig wedder na Huus to un sett mi achter 'n Disch. Beer gifft Smacht, Dokter, dat weet't Se säker ok!

Man – wat heff ik för'n Pien! Wat heff ik för'n Pien!"

„Vertellen Se wieder!" seggt Dr. Schüßler kort.

„De Middag, Dokter, un us Moder, dat is dat Himmelriek up'e Eer! Eerst gifft't Zoppen, meist van 'n Hohn. Wi hefft se ja; up een kummt't darum nich an. Un wat dar in swemmt, Dokter, dat smeckt!!! Us Moder kennt mi un hett den Sleef foors bi de Hand, wenn ik mit 'n Teller vull klaar bün. Un denn kummt de Braden! Dat is so recht wat to 'n Lustmulen! Kartuffels un Stippels darto un frischen Blomenkohl, Arfken oder Bohnen . . . Junge, Junge, ik segg: dat gifft Stöön in 'n Keerl! Siet verläden Jahr meent us Moder dat faken noch besunners goot mit mi! In't Dorp kummt Dag för Dag 'n Wagen mit Fisch, un dar krieg ik denn ok noch 'n Gang van vörsett't. Dar de moie Bottertunke bi – Botter hefft wi ja sülven! – dat is 'n däägte Kost! Un denn as Deckel up' n Maag noch 'n bäten wat Sööts un 'n bietje Kees' mit Swartbroot.

Ja, un denn so bi lüttjen weer ik mö un legg mi 'n Stünn achteröver. Un wenn ik denn wäär togang kaam, rüük ik al den stieven Koffi. Us Moder hett sik wieldes moi schier maakt, un wi beiden drinkt usen Mokka un äät't dr van us Moder ärn sülstbackten Koken to. Dat munnt, Dokter! Us Moder is in't Backen man eenmal 'n Baasminsch!

Bi Klock veer langs stah ik denn so sinnig up, kiek in't Wäär, laat anspannen un föhr mit min Kalesch na 'n Acker un kiek na de Deensten un kiek ok woll noch is bi 'n Naver in. So bi Klock fief rum föhr ik wäär na 'n Kroog. Dar sitt't denn de groden Buurn, un nu geiht't dr bi: Duppelkopp, Säbentein un Veer, un pokern doot wi faken ok. Schall nich wäsen, man wi köönt dat nich laten! De halven Liters, de smäärt den Kraam, de lüttjen Ipis, de gäävt dat Füür. Ik snack nich to vääl, Dokter, wenn ik segg: De Kröger, de hett an us bestige Kunnen.

Bi Klock Säben bün ik denn wäär bi us Moder to 'n Abendbroot. Un jüüst denn smeckt mi dat eerst recht! Bratkartuffels mit Speegelei – dree is meist mien Part – 'n paar Lappen Fleesch van 'n Middag, Schinkenbotterbroot mit 'n gode Taß Koffi of Tee, un toleßt as Deckel noch so 'n bäten Snippsnapperee. Ik löög nich, Dokter, dat steiht vör de Nacht un lett goot slapen!

Man, Dokter, wat heff ik för 'n Pien! Wat heff ik för 'n gräsige Buukpien! – Wat fehlt mi doch blot?"

„Wat Ehnen fehlt? – Dat will ik Se woll seggen: Ehnen fehlt dat t w e e t e Morslock! Dat e e n e kann dr nich gegen an!"

Doktor und Apotheker im Hause

Um die Jahrhundertwende entstanden an vielen Orten des Oldenburger Landes gemeinnützige Familienkrankenkassen.

Der Leiter einer solchen Kasse kam auch zu einem kleinen Brinksitzer und fragte: „Wullt du ok in us Krankenkaß inträän? För 'n lüttjen Bidrag hest du den Dokter un de Medizin free."

„Ik bruuk kien Kaß!" sä Krischan. „Ik heff den Dokter un de Aftheek in 'n Huse. Kiek mal her!"

Damit holte der Landwirt eine Zigarrenkiste mit zwölf kleinen braunen Fläschchen und erklärte: „Dat is min

Aftheek. Dar kureer ik all Krankheiten mit: Ferrum helpt gegen Feever, Calium cloratium bi Halsentzünden, Calcarea phosphor is för de Knaken un Magnesia für den Magen."

„Man, den Dokter, den hest du doch nich in 'n Huse!"

„Doch, dat bün ik sülvst!"

„Du hest doch nich studeert, Krischan!"

„Doch! Tööv man is!" Er nahm ein kleines Buch aus dem Schrank. Hier, lees mal: Abgekürzte Therapie biochemischer Behandlung von Krankheiten. Verfasser Dr. med. Schüßler, Oldenburg. – Dat heff ik studeert, un dat weet ik bold utwendig!

Dr. Schüßler un Bismarck

'n olen Mann geiht in dat Huus van Dr. Petermann un geiht in de Döör rin, wo „Wartezimmer" vörsteiht. Dar is de Fro Dokter mit är Deern jüüst an't Reinmaken. He fraagt: „Dokter woll to Huus?" – „Ja, bitte, nehmen Sie Platz! Mein Mann wird gleich kommen!" De ool Mann sett't sik un kickt um sik. Do sütt he dar up 'n Postement de Büst van Bismarck stahn. He steiht up, bekickt sik de Büst nipp, dreiht sik um un seggt to de Fro Dokter: „Süh! Dat is ja moi, dat Se usen goden, olen Dokter Schüßler dar stahn hefft, de mi ok is vör Jahren mal hulpen hett. Hebbt Se em noch kennt? Ik meen, Se weern eerst korlens hertrucken." – „Nä!" seggt de Fro Dokter un lacht. „Da irren Sie sich! Das ist ja Bismarck! Einen Doktor Schüßler habe ich nicht gekannt. Der ist wohl schon lange tot." – „So, so!" seggt do de ool Mann. „Dar harr ik woll up wetten wullt, dat dat Dokter Schüßler weer!"

Arzt ohne Studium

Im vorigen Jahrhundert wirkte in einem Kirchdorf im Amt Elsfleth „de ool Dokter Bode". Er hatte nicht studiert und auch nicht den Doktorgrad erworben.

Er war lange Jahre klinischer Gehilfe des hervorragenden Chirurgen Louis Stromeyer in Hannover gewesen. Weil er so intelligent, tüchtig und gewissenhaft war, nahm ihn Stromeyer auch mit, als er Professor der Chirurgie in Erlangen und bald darauf in München wurde. Als nun Stromeyer, jetzt Generalstabsarzt der hannoverschen Armee, Großherzog Peter von Oldenburg um 1850 durch seine Kunst von einem ernsten Leiden befreite und dadurch dem Großherzog auch persönlich nahetrat, erwirkte er von diesem für seinen langjährigen Mitarbeiter Bode die Genehmigung, sich in seiner oldenburgischen Heimat als praktischer Arzt niederzulassen. Bode gelang es, sich auf Grund seiner menschlichen Eigenschaften und seiner beruflichen Tüchtigkeit eine große Praxis und – selbst bei den studierten Ärzten – Anerkennung zu schaffen.

Der „ool Bode“ war ein Original. In seinem dunkelblauen Gehrock, dem blütenweißen Halstuch, den grauen Manschester-Reithosen und den langschäftigen gespornten Reitstiefeln, das Bambusrohr mit dickem Silberknauf in der Hand, gehörte er zu den bekanntesten Erscheinungen seiner Heimat.

Der Darmfeger

Die Landbevölkerung schwor auf ihn. Die derben Kuren, die er verschrieb, waren auf die kräftige Natur seiner Patienten zugeschnitten. Der „Schröpfkopf“ und vor allem reichliche Gaben von „Soldatenhonig“, auch Rizinusöl genannt, das er bei allen Erkrankungen verordnete, gaben seiner Heilkunst das Gepräge. Böse Zungen nannten ihn deshalb auch wohl den „alten Darmfeger“. Seine Patienten aber sagten: „De ool Bode kennt mine Natur.“

Der Schluck

Einst hatte er einer alten Frau einen gallenbitteren Trank verschrieben und angeordnet, daß neben der Medizinflasche ein Glas mit frischem Wasser stehen sollte, in dem der Löffel aufzubewahren sei und aus dem die Patientin jedesmal, wenn sie eingenommen habe, einen „Schluck" nehmen solle, um den bitteren Geschmack hinunterzuspülen.

Nach drei Tagen kommt der Doktor wieder. Als er auf der Diele den Sohn fragt, wie es der Kranken gehe, sagt der: „Och! Dat geiht anners goot, blot Moder slöppt vääl un is ümmer duun!"

„Wat? Duun? – Ja, wat hefft ji denn maakt?" meint der verblüffte Bode.

„Ja!" meint nun der junge Bauer. „Se kunn den välen Sluck nich verdrägen!"

Man hatte der Kranken statt eines „Schluck Wasser" bei jedem Einnehmen der Medizin einen echten „Sluck", einen Kööm, eingelöffelt.

Mit einem kräftigen „Gottsdunner!" stürzt Dr. Bode in die Krankenstube und – findet die Kranke wohlauf.

Niemand weiß, war das die Wirkung der bitteren Arznei oder waren es die vielen Schnäpse: jedenfalls war die Patientin gesund.

Das Bambusrohr

Auch das Bambusrohr spielte in seiner Behandlungsweise gelegentlich eine wirksame Rolle. Fand er einen Kranken, dem strenge Bettruhe und leichte Kost verordnet war, außer Bett bei Grünkohl, Pinkel und Speck, dann tanzte gleich der Rohrstock.

Einmal überschreitet er an einem dunklen Novemberabend eine Brücke über die hochgehende Hunte. Da bemerkt er eine Gestalt, die sich gerade vom Geländer ins Wasser stürzen will. Geistesgegenwärtig packt er zu, hält den Lebensmüden in der für den Rohrstock günstigen Körperlage fest und bearbeitet die Sitzgelegenheit ausgiebig mit seinem Bambus. Dann erst läßt er sich erzählen und hilft als Arzt und Mensch.

Der Überfall

Auf einem seiner nächtlichen Besuchsritte wird er einmal das Opfer einer Verwechslung. Nichts ahnend trabt er auf seiner wackeren Stute „Henriette" dahin, als unversehens aus dem Busch drei Männer hervorspringen und auf ihn einschlagen. Der Doktor sinkt bewußtlos vom Pferd, bekommt aber im Sturz die Ohrmuschel des einen Strauchdiebs zu fassen und reißt das Ohr halb ab. Erst nach längerer Ohnmacht kann er sich auf seinem geduldigen Tier auf den Heimweg machen.

Am andern Morgen kommt ein Bauer in seine Praxis und erzählt ihm treuherzig das Märchen, eine an einem Baum hängende ungeschützte Sense sei abgeglitten und habe ihm das Ohr halb abgeschnitten.

„Tööv man, min Jung!" meint der Doktor, verschwindet im Nebenzimmer, holt den bewährten Bambusstock und zahlt gewissenhaft zurück, was er in der vergangenen Nacht vereinnahmt hat.

Dann näht er das Ohr wieder an und erfährt nun, daß man ihn irrtümlich für den „Kunterlör" von der nahen Wesergrenze gehalten habe.

Fürsten

Kassen, wo smeckt di dat?

Neben Graf Anton Günther lebt kein Fürst aus dem oldenburgischen Fürstenhause so im Gedächtnis des Volkes wie Graf Gerd der Mutige (1450–1482).

Am köstlichsten ist wohl die Geschichte von der Unterschrift unter einem Brief, den der seinem Bruder, dem König von Dänemark, geschrieben haben soll.

Die dänische Majestät, berauscht von ihrer neuen, hohen Würde, hatte dem Namen sämtliche Titel hinzugefügt.

Graf Gerd aber, eingedenk der Tatsache, daß es in seinem Lande Ortschaften mit Namen Hemmels- oder Himmelskamp, Helle und Paradies gab, unterzeichnete sich als „Graf Gerd, Herr von Himmel, Hölle und Paradies".

Dann schrieb er noch hinzu:

„Kassen (Christian), wo smeckt di dat?"

Schwer geladen

Als Graf Anton Günther (1603–1667) einmal nach dem Vorwerk Jade fuhr, begegnete ihm ein Bauer auf einem schwer beladenen Wagen mit Holz. Als der Bauer ihn erkannte, fuhr er gerade in einer recht tiefen Heidspur. Das hinderte ihn aber nicht auszuweichen. Er quälte sich trotz der schweren Ladung heraus, um den Respekt vor dem gnädigen Herrn ja nicht zu verletzen.

Abends begegneten sich die beiden Wagen wieder. Der Bauer hatte sein Holz in der Stadt verkauft. Als der Graf den Bauern erkannte, rief er dem Kutscher zu, er solle ausweichen. Der Kutscher wollte nicht recht, sondern meinte, jetzt sei das doch weniger angebracht als am Morgen, da nun des Bauern Wagen leer und der Weg hier eben und fest sei.

„Doch!" rief Graf Anton Günther. „Heute morgen hatte er das Fuder Holz auf dem Wagen; aber jetzt hat er noch schwerer geladen. Jetzt hat er's im Kopf!"

He paßt goot up

An Anton Günthers Hof ging es einfach her, und die Umgangssprache war plattdeutsch.

Einst bei Tisch entglitt ein Braten beim Zerschneiden der Schüssel und fiel unter den Tisch, wo eben ein großer Hund lag.

„Ah!" rief einer der Gäste. „Paßt up, dat em de Hund nich kriggt!"

„Dat schall he woll laten!" antwortete ein anderer. „Ik heff dr al lang den Foot up!"

Gode Bahntje

Herzog Peter (1785–1829) van Ollnborg mugg geern is dör't Land reisen, ahn dat de Lü em kennen deen. In Wangeroog dreep he is 'n olen Fahrensmann. He fung mit em an to snacken. De Seemann nööm em eenfach van „Du". Do wull de Herzog em so 'n bäten verlegen maken un sä: „Tscha, weet He denn ok, mit wen He snackt?" – „Nä!" sä de Seemann. „Wo kann ik dat wäten! Kannst mi't ja man vertellen!" – „Ik bün de Herzog van Ollnborg!" – „Nu kiek doch is!" sä de Fahrensmann. „Denn hest du ja 'n gode Bahntje! Dar bliev man bi!"

Demokratie

Nach den Revolutionswirren von 1848 versuchte Erzherzog Johann von Österreich, das deutsche Staatsschiff zu lenken. Am 6. August 1848 fand in Frankfurt am Main seine feierliche Proklamation zum Reichsverweser statt.

An diesem Tage, einem Sonntag, war auch Varel in Festtagsstimmung. So mancher brave demokratische Bürger huldigte dem neuen Regenten auf sinnvolle Weise.

Ein biederer Schlachtermeister aber schoß dabei den Vogel ab. Er hängte nämlich in sein Schaufenster eine Riesenwurst, die von vielen kleinen Würsten umgeben war, und dabei ein Blatt, auf dem zu lesen stand:

„Was diese Wurst ist unter den Würsten,
ist Erzherzog Johann unter den Fürsten!“

Zwei Birnen

Großherzog Nikolaus Friedrich Peter (1853—1900) ging einmal über den Oldenburger Markt. Da sah er, wie eine Marktfrau von zwei vor ihr liegenden Birnen eine ergriff und abschälte, um sie zu essen.

Er ging rasch hinzu, ergriff die zweite Birne, biß kräftig hinein und sagte:

„Leeve Fro! De schönen Bären mööt't Se nich eerst schillen. De mööt't Se so äten!“

Die Marktfrau erwiderte:

„Ja, Herr Großherzog! Dat doo ik anners ok! Man vörhen is mi een van de beiden Bären in de Schiet fullen, un ik weet nich mehr, wecke dat wäsen is!“

Wenn ich ein Rindvieh wär

Der König von Sachsen war zu Besuch in Oldenburg. Großherzog Friedrich August (1900—1918) wollte ihm den Stolz seines Landes zeigen und fuhr mit ihm durch die Marschen. Es war ein sonniger Maientag. Überall auf den tiefgrünen Weiden graste das schwarzbunte Vieh. Dem Großherzog ging ob dieses Anblicks das Herz auf. Der König von Sachsen aber schaute unberührt, ja, gelangweilt in die Weiten.

Das wurde dem Großherzog zuletzt zu viel, und er fragte den König, ob dieser Blick über die Unendlichkeit des saftig-grünen Landes mit dem blanken Vieh und mit der wolkendurchjagten Himmelskuppel darüber nicht etwas hinreißend Schönes wäre.

Der König von Sachsen schaute den Großherzog erstaunt und fast mitleidig an und meinte:

„Ja, ja! Ich würde das gewiß schön finden, wenn – wenn ich ein Rindvieh wäre!"

Könige

König Otto von Griechenland (1833–1862) war nach seiner Absetzung mehrmals mit seiner Gemahlin Amalie von Oldenburg in unserm Land.

Bei einem Besuch in Jever wurde ihm einmal der Hauptmann der dortigen Schützengesellschaft vorgestellt, der seine Brust mit ansehnlichen Medaillen geschmückt hatte. Als König Otto ihn nach der Bedeutung dieser Orden fragte, warf sich der biedere Mann stolz in die Brust und sagte:

„Majestät! Ich bin siebenmal König gewesen!"

König Otto sagte darauf schmunzelnd:

„Da können Sie von Glück sagen! Ich bin's nur einmal gewesen und weiß, was das heißt!"

Untertanen-Poesie

Als Großherzog Nikolaus Friedrich Peter (1853–1900) einmal eine Reise durch sein Land machte, hatte man ihm in einem Dorf einen Ehrenbogen errichtet mit der sinnigen, hochpoetischen Inschrift:

„Nikolaus Friedrich Peter!
Dir zu Ehren steht er!
Hier mußt du unter durch:
Heil dir, o Oldenburg!"

Man goot!

Im Hamburger Hafen tritt ein Herr zu einem Arbeiter, lüftet den Hut und fragt:

„Ach, entschuldigen Sie! Können Sie mir wohl sagen, wie das Schiff da drüben heißt?"

Der Arbeiter antwortet:

„Ik heff kin Tiet, Keerl! Büst woll höhnerblind! Maak de Ogen doch apen, du Mai-Aap!"

Betreten verschwindet der Herr.

Ein anderer wendet sich an den Arbeiter und sagt:

„Wissen Sie, wer das eben war? Das war der Großherzog von Oldenburg!"

„Mann, o Mann!" meint da der Arbeiter. „Man goot, dat ik nich groff wurrn bün!"

Kaiserbesuch in Varel

1909 sollte in Wilhelmshaven ein Schiff von Stapel laufen. Kaiser Wilhelm hatte sein Erscheinen zugesagt. Als er nun für die Reise den Hofzug fertig machen ließ, fiel ihm ein, da könnte Nikolaus, der Erbgroßherzog von Oldenburg, wohl mitfahren. Der diente gerade bei der Garde in Berlin. Er war erst zwölf Jahre alt und mußte in Berlin tüchtig exerzieren. Sein Vater, der Großherzog Friedrich August, hatte ihn dort hingeschickt. Er sollte bei der Garde Ordnung lernen.

Der Kaiser ließ Nikolaus ins Schloß kommen und fragte ihn, ob er mit nach Oldenburg fahren und seinen Vater besuchen wolle. Nikolaus freute sich und sagte zu. Der Kaiser war gerade guter Laune und fragte Nikolaus, ob er noch einen Wunsch hätte. „Ja!" sagte Nikolaus, wenn er es sagen dürfte und es möglich wäre, ob dann August Lührs mitfahren könne.

„Was ist das für ein August Lührs?" fragte der Kaiser.

„Das ist ein Bauernsohn aus Obenstrohe bei Varel. Er ist Unteroffizier bei der Garde und bildet mich aus!"

„Ist gut!" sagte Kaiser Wilhelm. „Dann soll August Lührs vierzehn Tage Urlaub haben und kann mitfahren."

So ging denn der Hofzug in Berlin ab. August Lührs fuhr mit.

In Oldenburg stieg Erbgroßherzog Nikolaus aus. Er bat beim Abschied den Kaiser, er möchte in Varel August Lührs nicht vergessen. Nun gab der Kaiser Befehl, der Zug solle in Varel halten.

In Varel auf dem Bahnhof kam ein Telegramm an: „Der Hofzug hält in Varel."

Nun war in Varel was los! Der Vorstand war mächtig aufgeregt. Was wollte der Kaiser in Varel? Die Kirche besichtigen? Die große Allee? Nach Dangast fahren? Den Bahnhof inspizieren?

Alle Beamten mußten ihr bestes Zeug anziehen. Auf den Bahnsteig ließ er seinen eigenen Teppich aus der guten Stube bringen und dahin legen, wo der Salonwagen halten mußte. Er selbst, der Vorstand, setzte seine beste rote Mütze auf. Seine Leute standen in Reih und Glied bereit.

Als der Zug hält, steigt ein ganz großer Soldat – fast zwei Meter ist er! – aus, stellt seinen kleinen Koffer auf den Teppich, salutiert vor dem Kaiser, der gerade aus dem Fenster schaut, macht stramm kehrt, nimmt seinen Koffer wieder in die Hand und sagt, während der Zug den Bahnhof verläßt:

„Mehr kaamt dr nich! Ik bün August Lührs ut Babenstroh!"

Nach seiner Fahrkarte fragt ihn niemand. Er hätte auch keine gehabt. Nicht einmal eine Militärfahrkarte.

Kleben

1918. Oldenburg ist Freistaat geworden. Großherzog Friedrich August hat sich nach Rastede zurückgezogen.

Da fährt Eier-Stine eines Tages mit ihrem ausgedienten Kinderwagen durch Rastede. Herzogin Sophie Charlotte begegnet ihr. Stine hält an:

„Och, Königliche Hoheit! Was ist das doch für ein Unglück! Ihr Hoher Herr Vater, der gute Großherzog, hat seinen Posten verloren! Och, nein! Ich muß da so oft an denken! Hat er denn noch so 'n bißchen hinter der Hand? Ich meine, kann er denn nun noch leben?"

Lächelnd beruhigt Sophie Charlotte die gute Eiertante. Sie brauche sich keine Sorgen zu machen. Die großherzogliche Familie habe noch genug zu leben.

Eier-Stine ist aber noch nicht zufrieden. Sie schaut die Herzogin mitleidig an und meint dann nach einer Weile:

„Ja, ich mein man so! Mir will das alles nicht so recht in den Kopf. Das wäre doch besser gewesen, unser Großherzog hätte . . . geklebt ! ! !"

Gröönröck

Wat gifft't woll bäters in usen Herrgott sin grode Welt as so 'n staatsch Holt! Of dat nu 'n Dannebusch is, 'n Bökenslag of anners wat: eendoont. Överall is dar dat Swiegen wietaf van den Minschenlarm.

Un wat is dat för 'n moi Bahntje, in dissen Busch na 'n Rechten to kieken! Säker: dat is nich allens Gold. Man so 'n Förster un Jägersmann un sin Helpers, se hefft doch 'n gesund Läven. Un wenn se, de Gröönröck, nahst tohoopsitt't, denn weet't se vääl to vertellen. Un wat se denn seggt, dat seggt se „liekto". Grode Wöör maken, dat is är nich an. Man se draapt alltiet den Nagel up 'n Kopp.

Glück

Förster Janßen seet geern 'n bäten lang in 'n Kroog. Wenn he denn mit Slagsiet inkeem, geev't alltiet 'n düchtig Schaffuder van sin Fro.

Mal harr he Glück.

Dat weer in 'n Sommerdag, so bi Klock veer. De Sünn wull al upgahn, as he up sin Huus tostüür. He harr 'n bannigen Bammel vör sin Fro. He truck sik de Stävels al vör de Döör ut un gung stilkens in'e Kamer, um sin Frieda nich to wecken. As he nu sinen Rock uttagen harr, dreih sin Fro sik rum, plier em mit halvapen Ogen an un sä:

„Wat wullt du? Büst nich klook? Wat wullt woll so fröh up 'n Anstand?"

„Och!" sä Förster Janßen. „Hest ok woll recht, Frieda! Ik glööv ok, ik legg mi man noch wedder hen!"

De Kenner

Bi Förster Jürgens sünd Tweeschen (Zwillinge) ankamen: twee stramme Jungs, de een mit swart, de anner mit flassen Haar.

Do roppt Förster Jürgens, de wiet un siet as Dackeltüchter bekannt is, sinen lüttjen, seßjahrigen Gerd an de Weeg:

„Kiek di is din beiden nee'n Bröder an! Gefallt se di?"

Gerd bekickt sik de beiden lang un mit 'n eernsthaftig Kennergesicht. Denn meent he:

„Du, Vader! Ik glööv, wi behoolt den Swarten!"

Eva

De Holtwahr (Waldhüter) Jan Mengers schall is up 'n Wall in 'n Busch dat Efeu – „Iloof" seggt dr de Plattdüütschen to – van de jungen Bööm rieten. Dat is nödig, denn anners kriggt dat Efeu de jungen Bööm unner.

S'avends schrifft Jan Mengers in sinen „Tagesbericht": „Donnerstag, 7. April. Eva abgehauen und weggesteckt."

X De Hoot

Desülvige Jan Mengers is in 'n Busch togang. Do kummt de Oberförster un kickt na 'n Rechten.

„Du, Jan!" seggt he. „Wat hest du för 'n moien grönen Hoot!"

„Ja, dat möögt Se woll seggen!" meent Jan Mengers un nimmt den Hoot af. „Dat is so: De Hoot, de hett 'n Geschichte!"

„Hett 'n Geschichte? Wo dat denn?"

„Tscha", seggt Mengers, „vör twintig Jahr heff ik em kofft. Vör tein Jahr heff ik em wennen laten. Un nu vör 'n paar Daag – tscha, verläden Freedag weer't – do heff ik em in'e Stadt vertuuscht!"

Was sagte der Mann?

Ja, Jan Mengers is 'n düchtigen Keerl. Blot mit dat Hochdüütsch, dat is man so so la la. Mal hett he in 'n Busch 'n Holtdeef packt. As de Saak vör Gericht verhackstückt ward, mööt he dr hen un tügen. In sin dick gröön Jack, de „Instruktion für Holzwärter" in'e Binneltasch, so steiht he vör 'n Amtsrichter.

„Nun erzählen Sie mal, Herr Mengers!" seggt de. „Was sagte der Mann, als Sie ihn im Wald antrafen?"

„Jaa, was saagte er?" seggt Jan Mengers mit 'n heel breeden plattdüütschen Tungenslag. „Er saagte (sägte) gerade einen dicken Tack (Ast) ab!"

Eegenaart

De ool Holtarbeiter Lüütje Behrends is 'n däägten Keerl in sin Arbeit, man mit dat Snacken is dat nich so recht. He stamert so 'n bäten. De ool Oberförster kennt dat un weet ok, man mööt alltiet so doon, as wenn man dat Stamern gar nich marken deit.

Nu is dr avers so 'n nee'n Revierförster kamen. As nu Lüütje Behrends mit den jungen Mann in't Snacken kummt, meent de na 'n Sett: „Nä ok doch, Herr Behrends! Dat is ja slimm mit Är Stamern!"

„Woso?" meent Lüütje Behrends un kriggt vör Vergrelligkeit reinweg 'n roden Kopp. „Stamern i-i-is d-d-dat nich! Dat is b-b-blot so m-m-min Eegenaart! J-j-jeden M-m-minsch hett s-s-sin Eegenaart! S-s-se ok!"

Do lacht de junge Förster un meent: „Ik? 'n Eegenaart? Dat mööt't Se mi eerst mal bewiesen!"

„G-g-goot!" seggt Lüütje Behrends. „W-w-wenn Se K-k-koffi umröhrt, w-w-wat nehmt S-s-se dar, de r-r-rechte oder de l-l-linke Hand?"

„Denn nehm ik de rechte Hand!"

„S-s-süh! D-d-dar hefft wi't!" seggt Lüütje Behrends. „D-d-dat is S-s-se Är Eegenaart! I-i-ik d-d-do dat mit 'n L-l-löpel!"

Man noch 'n Nagel!

Holtarbeiter Hinnerk Müller mag verdeuvelt geern 'n lüttjen Sluck. Nu is mal 'n Drievjagd, un as dar 'n Ruus to'n Verhalen maakt ward, geiht de Oberförster mit 'n Buddel rum. Elkeen kriggt ut 'n Duppelglas sovääl as he hebben will. Hinnerk Müller lett't sik bet an'n Rand vullschenken un kippt dat mit eenen Wuppdi dal. Denn hollt he den Oberförster dat Glas noch mal hen.

„Na, na, min beste Hinnerk Müller!" wahrschaut de Oberförster. „Se weet't doch: elk Sluck is 'n Nagel to't Sark!"

Man Hinnerk Müller meent:

„Och, Herr Oberförster! Wenn Se den Hamer jüüst in'e Hand hefft, denn slaan Se noch man 'n Nagel in!"

Hoge Herrens

„Hoge Herrens“, dat sünd de Lü van de Obrigkeit. De eenfachen Minschen willt dr nich geern wat mit to doon hebben. Man Bang hefft se dr nich vör. Wenn't dr up ankummt, denn weet't se woll ärn Mann to stahn.

Man wer is 'n hogen Herr? Dat Volk hett dr 'n gode Nääs vör un markt gau, wer sik blot upspälen deit. Un över sockse Keerls kann't woll so hahnjökeln.

De Drievjagd

In 'n groten Forst is mal 'n Drievjagd. Den Dag darna seggt Hinnerk Meentzen to sinen Fründ Jan Ahlers: „Hest höört? Wi hefft hogen Besöök hadd! All de Ministers un 'n Bült anner Gäst: hoge Biamten, Regierungsräte un so dr wat her.“

„So?“ seggt Jan Ahlers, un stellt sik dumm. „Wat du nich seggst!“

„Minsch! Du möößt dat doch lesen hebben in't Blatt: grode Drievjagd!“

Jan Ahlers hett dat fuustdick achter de Ohrn.

„Ja, du!“ meent he un grient. „Wahr is't ja, un se schimpt dr ja ok alltohoop up: wi hefft vääl tovääl Ministers un so dr wat her! Man dr nu glieks Drievjagd up to maken, nä, du, dat is mi doch meist 'n bäten to groff!“

Dat Snüüfken

Vör goot 100 Jahr weer dr in Tettens 'n Amtmann Oeltermann. De Lü muggen em geern. He sorg ja för är as 'n Vader. Man 'n bannigen Respekt harrn se ok för em. De gode Amtmann bruuk vääl Snuuvtabak, ok bi de Versammeln. Un dar passeer dat denn faken bi, dat he pruußen muß. Knapp weer dr dat rut, denn kreeg he to höörn:

„Zur Gesundheit, Herr Amtmann!"

Dat wurd em toväál. „Kinners!" sä he. „Laat't dat doch! Ji weet't woll, dat kummt van't Snüüfken."

As he sik bi so 'n Versammeln al to'n tweeten Mal disse „Höflichkeit" verbäden harr, vergeet sik de Middöger Buurvaagt so wiet, dat he utreep – reinweg 'n bäten vergrellt klung dat:

„Un wenn't ok van Päärschiet keem, denn sä'n wi doch noch: Zur Gesundheit, Herr Amtmann! – Wi weet't, wat wi Se schullig sünd!"

Großenmeer

Großenmeer war eine Hochburg der Bismarck-Freunde. Das stellte sich immer wieder bei Wahlen heraus.

Damals entstand der Vers:

„Bismarck seufzte tief und schwer:
Ach, wär' ich doch in Großenmeer!
Fern von Windhorst, fern von Richtern,
fern von all den bösen Wichtern;
dort, wo man mich einstimmig wählt,
werd ich gewißlich nicht gequält!
Du Land, wo Milch und Honig fließt,
mein Großenmeer, sei mir gegrüßt!"

Dat Snuuvdook

Amtmann Hümme harr mal wedder wat mit Kreyen-Menke to besnacken van wegen de ool Brügg. As Menke up't Amt keem, weer de Amtmann jüüst mit anners een an't Verhanneln.

Dat duur Menke to lang, un as he na sin Dunken lang noog töövt harr, do nehm he sin Nääs twüschen twee Finger, snoov sik düchtig ut un smeet dat Snuvels – swuppdi! – up 'n Footbodden.

Dat paß den Amtmann nich. He sä:

„Mein Zeit, Menke! Hett He denn kin Snuuvdook ? ! ?"

„Herr Amtmann!" sä do Kreyen-Menke. „Wat 'n ornlichen Buur is, de steckt dat nich in'e Tasch! Mi wunnert man, dat Se kinen Sand street hefft. Hefft Se in minen Huse nich sehn, wat för moie Figuren min Fro up'n Footbodden maakt, mit witten Sand so an'n Brett langs? Dat muß hier, wo de Amtmann regeert, ok so wäsen. Mit min Snuuvdook, dar wisch ik mi dat Sweet af, wenn't heet is oder wenn ik eenerwägens to lang luurn mööt!"

Dar misch ik mi nich rin!

De ool Torfbuur Klaas Brand fahrt mit sin beiden Ossen vör'n Ledderwagen 'n ganz smallen Landweg dal. Do kummt em de Amtmann mit sin Staatskalesch in'e Mööt.

De Amtmann seggt „Brr!". De Wagen steiht un he seggt:

„Na, Klaas Brand! Wat meenst! Wer schall nu utwieken: din Ossen oder de Amtmann?"

„Tscha!" seggt Brand un kleiht sik achter't Ohr. „Dar misch ik mi nich rin! Dat mööt't J i unner 'n-anner afmaken!"

Von der Obrigkeit

Amtmann Hümme in Oldenburg schickte den Amtsboten nach Kreyenbrück: Der Bauer Mencke solle zu ihm aufs Amt kommen, es gebe etwas zu besprechen wegen der Brücke.

Mencke antwortete, er hätte vielleicht nächstens einmal in Oldenburg zu tun, dann könne er ja vorkommen.

Als er nach einer Woche noch nicht dagewesen war, mußte der Amtsbote bestellen, ob Mencke etwa vergessen habe, daß der Amtmann ihn sprechen müsse.

Das paßte Mencke nicht. Er ließ antworten: Der Weg von Kreyenbrück nach Oldenburg ist just so lang wie der von Oldenburg nach Kreyenbrück.

Da der Amtmann den harten Schädel des wackeren Bauern kannte, mußte der Amtsbote jetzt bestellen: „De Amtmann lett di bitten, du muggst doch mal bi em vörkamen."

Da sagte Mencke: „Warum seggst du Dussel dat nich foors? Segg em, ik keem morgen den Dag!"

Zweimal abgesetzt

Der Vogt Willig zu Wangerooge war 1718 auf Befehl des Fürsten von Anhalt-Zerbst (im Jeverland regierte von 1667 bis 1793 das Haus Anhalt-Zerbst) abgesetzt worden. Diese Hiobsbotschaft erhielt Willig, als er gerade in Jever war.

Als er nach Wangerooge zurückkehrte, wurde er – wie damals bei allen Reisenden üblich – von einem Wangerooger vom Schiff durch das Wasser auf die Insel getragen.

Auf dem Nacken des Wangeroogers hockend, erzählte Willig seinem Helfer, er sei abgesetzt worden.

„Wat?" rief da der Wangerooger. „Du büst us Vaagt nich mehr? – Denn sett ik di ok af!"

Sprach's und ließ den wohlbeleibten Herrn ins Wasser fallen.

X He glöövt dr nich an

Dat is bi 1900 rum, bi'n Kommiß. Feldwebel Müller, de Spieß van de veerte Kompanie, steiht vör de jungen Rekruten. Dat sünd meist wecke van't Land. He snackt dr darum ok Platt mit. So kummt he dar best mit klaar.

Man nu kummt he an eenen, dar drifft he fast. As he fraagt: „Na, un du? Wat büst du för een?" do seggt de: „Verzeihen, Herr Feldwebel, ich heiße Gerold Danzer. Ich komme aus Berlin!"

„Och so!" seggt de Spieß un fraagt em wieder ut, ok up Platt.

„Un wat hest för 'n Religion?"

„Dissident, Herr Feldwebel!"

„Dissident? Dissident? – Kenn ik nich! Bi us gifft't blot Evangelsche un Katholiken! Man Dissident? Wat is dat denn?"

„Ein Dissident, Herr Feldwebel, glaubt an kein höheres Wesen."

„Wat is dat? Glöövt dr nich an?! – Na, denn will ik di mal wat seggen, ool Fründ: Dat högere Wesen bün ik! Un dat du dr an glöven deist, dat bring ik di al bi!"

De Staat hett Schuld

Buur Bruns sitt s'abends laat mit sinen Knecht up 'n Wagen un föhrt van de Stadt na Huus. Do ward mit'n Mal de Wegg so slecht, dat de Wagen in'e deepe Schiet stäken blifft.

„Is doch 'n Sünn un Schann", schimpt Buur Bruns, „dat dr nich mehr an de Wege daan ward!"

„Psst, Buur!" seggt do de Knecht. „Swieg doch still! Dat is doch us eegen Weg!"

„Ganz gliek!" seggt de Buur. „Denn schullen se dr us to dwingen!"

De Höchste

In'n Kroog sitt't de Oberborgermeister, 'n Kaplan un 'n Pannemann (Gerichtsvollzieher) tohoop. Se kaamt dr up to snacken, wer van är bi dat Volk an'n höchsten in'n Tell is.

„Wenn ik dör de Stadt gah", seggt de Oberborgermeister, „denn seht mi all Lü fründlich an un seggt: ‚Goden Dag, Herr Oberborgermeister!'"

De Kaplan meent: „Meist all lüttjen Deerns, de mi tomööt kaamt, de gäävt mi de Hand, maakt 'n Knicks un seggt: ‚Goden Morgen, Hochehrwürden!'"

„Pah! Wat is dat al?" meent do de Pannemann. „Wenn ik an'n Huusdöör pingelt heff un de Lü maakt apen, denn roopt se: ‚Och, du leeve Gott!'"

Iesenbahners

GOE

Dat sünd 'n gode 100 Jahr her, do keemen de „Füürwagens sunner Päär" up. 1867 wurd de Bahn van Bremen na Ollnborg in'e Gang brocht, un dat wahr nich lang, do fleuten allerwägens in us lütt Ollnborger Land de Lokomotiven. De „GOE", as us Iesenbahn – Ieserbahn sä'n de olen Lü – heeten dee, harr't noch nich so drock as vandagen. Man wenn dr is so 'n Fläätangel van Keerl dat riskeer, de „Großherzoglich-Oldenburgische Eisenbahn" van „ganz ohne Eile" to schimpen, denn keeken em de Iesenbahners blot so 'n bäten scheef van'e Siet an, reepen „Großer Ochse einsteigen!" un klappen de Döör achter em to. So! Dar harr he sin Fett!

Ik sluut to!

As um 1880 de Iesenbahn van Ocholt na Westerstä boot wurd, keem 'n Landmäter mit sin Lü ok up Brunlüschen sin Wisch. Dar wurrn witte un rode Pahls inslaan, un denn keeken se dör so 'n Aart Feernkieker un schreeven sik wat in är Notizböker.

Brunlüschen gung up de Lü to un froog: „Wat schall de Kraam?"

„Ja, mein lieber Mann!" sä de Landmäter. „Wir wollen hier die Eisenbahn durchlegen. Es kann sogar sein, daß wir sie mitten durch ihren Stall legen müssen."

„Wat?" sä Brunlüschen. „Dör minen Stall? Dar köönt Se avers s'nachts nich dör, ik sluut s'avends bi Klock acht de Stalldöör to!"

Darum!

De Bahnhoff van Ovelgünn liggt 'n goot Stück van't Dorp af.

Pangelt sik dar is 'n Frömden van'e Bahn na't Dorp to. As he jüüst is steiht un sik verpuust, kummt 'n Iesenbahner an em vörbi.

„Seggen Se is!“ fraagt de Frömde. „Dat is hier ja 'n narrschen Kraam! Warum hefft Ji den Bahnhoff blot so wiet van't Dorp af?“

„Ja!“ seggt de Iesenbahner. „Warum? Wi wullen den Bahnhoff dicht bi de Bahn hebben!“

Ok dat noch!

De Bahn van Jever na Kleenensiel harr dat fröher nich drock. Se heelt u p jeden Bahnhoff un v ö r jeden Bahnhoff.

Dar sitt 'n vörnehmen Mann in'n Zug, de hett dat bannig hill. Wo länger dat duurt, wo duller ward he. As de Zug up de free'e Streck is wedder hollt, kickt he ut't Finster un schimpt un schafutert. Do kummt heel sinnig 'n Iesenbahner gegen den Zug angahn.

„Wie lange dauert das hier denn wieder?“

„Weet ik nich!“ seggt de Iesenbahner.

„Was soll das heißen: Weiß ich nicht? – Sind Sie denn nicht von der Eisenbahn?“

„Ik bün Bremser!“

„Was ? ! ?“ roppt do de vörnehme Mann. „ G e b r e m s t wird auch noch ! ! !“

De dicke Fro

In Ellenserdamm kummt 'n Herr in 'n leßden Ogenblick in 'n Iesenbahnafdeel. Do sitt dar 'n Fro, de is reinweg ut'n-anner un de Tranen kullert är över de Backen.

„Na, beste Fro, wat fehlt Se denn?"

„Och!" seggt de Fro. „Ik wull in Varel utstiegen. Nu bün ik al veer Staatschonen wieder!"

„Ja, min beste Fro, dat verstah ik nich! Hefft Se denn slapen?"

„Nä, dat nich! Man ik bün ja so dick. Ik kann darum mit min vääl Gepäck blot trüggels utstiegen. Wenn ik nu meen, ik bün glücklich so wiet un heff den Foot al up't unnerst Trittbett, denn kummt de Schaffner, roppt: ‚Wenn Se noch mit willt, ward't Tiet!' un drückt mi wedder in't Afdeel trügg."

Ik bün nich för Striet

In Varel stiggt 'n Paster in't Afdeel un sütt dar 'n Mann sitten, de in sin Kaspel (Kirchspiel) groot wurrn is. De Paster geiht bi em sitten, gifft em de Hand un snackt as 'n goden, olen Fründ mit em.

„Nun, mein lieber Altmeyer, wie geht es Ihnen?"

„Och, ik dank ok, Herr Paster! Mi geiht't billig goot!"

„Und wie steht's mit Ihrer lieben Frau?"

„Och, de is ok goot towäge!"

„Und wie geht es den Kindern?"

„Och, de sünd ok all best up Schick!"

As de Paster in Rastede utstägen is, stott Jan Meiners, de dat all mit anhöört hett, den goden Fied Altmeyer an un wunnerwarkt:

„Nu segg is, Keerl: Büst du denn reinweg mall wurrn? Du hest ja gar kin Fro un hest ja ok gar kin Kinner!"

„Och!" seggt do Fied Altmeyer. „Wat schull ik dr eerst lang gegen ansnacken? – Ik bün nu mal nich för Striet!"

5.55

De Vörsteher up so 'n lütt Bahnstaatschon hett 'n Spraakfehler.

Dar steiht nu 'n Fro mit ärn lüttjen Jung un luurt up den Zug na Leer. De Lüttje geiht in'n Updrag van sin Moder an den Vörsteher ran un fraagt:

„Wennehr geiht de Zug na Leer?"

„F-f-f-fief Ühr f-f-f-fief un f-f-f-fieftig!" seggt de Vörsteher.

Na 'n lüttje Tiet fraagt de Jung wedder. Argerlich quäält he wedder sin 5.55 rut.

Man as de Jung to'n drüdden mal wedderkummt: „Wennehr geiht –", do hett he ok al eenen an'e Snuut, un de Vörsteher ronnt up de Fro los:

„Wa-wa-wa-wat schall da-da-da-dat bedü-dü-dü-düden?"

„Och, Herr Vörsteher, nehmen Se dat nich för ungoot! De Jung höört Se so geern snacken!"

Sünd Se denn Wessels?

De D-Zug is jüüst up 'n Bahnhoff in Ollnborg inföhrt, do ronnt 'n Keerl mit 'n hochroden Kopp in'n Draff an de Wagens langs un bölkt in eensen weg:

„Wessels! Wessels! Wessels!"

Do ritt 'n Herr in 'n Afdeel eerster Klaß dat Finster apen un roppt:

„Was ist hier denn los?"

Swapp! Do hett he ok al links un rechts eenen an'e Snuut.

Do roppt de Herr na den Vörsteher un besweert sik.

De mit de rode Mütz hett sik dat ganze Spillwark mit ankäken un fraagt nu ganz ruhig:

„Sünd Se denn Wessels?"

„Nein!" sä de Herr. „Aber . . ."

„Na!" seggt do de Vörsteher. „Wat willt Se denn? Wenn Se nich Wessels sünd, geiht Se de ganze Geschicht ja doch nix an!"

Darmit böört he sin Signalschiev hoch un – af geiht de Zug.

Jungs un Deerns

Seggwiesen

De Mester fraagt de groden Jungs, wer em Seggwiesen nömen kann. Dar kaamt vääl Fingers hoch. Blot Bernd mellt sik nich. Do fraagt de Mester: „Bernd, weißt du keine?" – Sinnig kummt Bernd in'n Enn, steiht eerst, as wenn he sik besinnt, denn seggt he: „Ein Narr kann mehr fragen, als zehn Weise beantworten können." – De Mester meent, de Jung will em up de Schüpp nehmen un ward vergrellt. Do kummt jüüst de Rektor in'e Klaß, un de Mester vertellt em allens. De Rektor maakt 'n eernsthaftig Gesicht un seggt: „Bernd, weißt du kein anderes Sprichwort?" – Bernd kummt wedder sinnig um'n hoch un seggt: „Ein Unglück kommt selten allein." Dat is den Rektor to dull. He schuddelt Bernd un seggt struuv: „Nun sag mal ein anderes!" – Bernd seggt: „Gewalt geht vor Recht." Eerst sütt't so ut, as schull dat 'n böös Gewitter gäven. Man denn deit de Rektor, wat dat Vernünftigst is: he fang an to lachen. Un all lacht se mit. As de Rektor nu noch mal fraagt: „Weißt du noch eins, Bernd?" do blifft de Jung em ok de Antwoort nich schullig. Mit 'n dröög, unschullig Gesicht steiht he dar un seggt:

„Der Klügere gibt nach."

De Glücksbreef

So 'n lüttjen Butjenter Jung stund up 'n Rodenkarker Markt. He harr sik 'n „Glücksbreef" kofft. As he em apen maakt un em dörlesen harr, stund dar ok mit in:

„Du wirst dich verheiraten und wirst sieben Kinder bekommen."

De Jung stund 'n Sett heel bedebbert dar. Denn risch he sik up as 'n Keerl un sä:

„Na, denn man to! Wenn se denn man all gesund sünd!"

De ewige Klenner

Lütt Hinnerk sütt bi sinen Grootvader den ewigen Klenner un lett sik verklaren, wat dat bedüdd. Grootvader vertellt em denn ok: mit socksen Klenner kannst al hunnert Jahr vörut bestimmen, up wecken Dag jede enkelde Dag fallt. Toleßt meent he:

„Segg mi man is 'n Dag!"

„Och, Grootvader!" meent de lütt Hinnerk. „Denn mugg ik woll wäten, up wat för 'n Dag min 70. Geburtstag fallt!"

De Grootvader kickt up den Klenner, räkent 'n bäten wat ut un seggt denn:

De fallt up 'n Dingsdag."

„Och, wo scha!" meent do de lütt Hinnerk. „Denn spääl ik s'namiddaags jüüst ümmer mit Theo un Hemmann!"

Nabers Gerd will wat kopen

Buur Michels hett twee Kinner: Anngreet, 'n däägt vullwussen Deern, un Gerd, so 'n Holster van fief Jahr.

Mal hett Gerd dat raakt: Vader nimmt em mit na't Päärmarkt. Jungedi! Wat gifft't all to kieken un to lustern.

Nipp kickt he bi so 'n Päärhannel to. De Köper bekickt dat Päärd heel lang. He bekickt de Tähnen, kickt in de Ogen, kloppt fründlich up 'n Hals, straakt sacht dat siedig Fell.

As de Jung mit sinen Vader wedder up'n Weg na Huus is, is he 'n Sett still un nadenkern, un denn meent he:

„Du, Vader, Navers Gerd will us Anngreet kopen. He hett't mit är güstern abend jüüst so maakt as de Unkel up't Markt mit dat Päärd!"

Uplustert

Opa Meiners sitt an'e Werser un angelt. Sin Enkeldochter späält bi em. Mit 'n Mal plückt se 'n Handvull Gras af, hollt se ärn Opa hen un roppt: „To, Opa, biet mal rin!“

„Nä, Deern!“ seggt Opa. „Ik bün doch kin Koh oder Schaap!“

De Deern avers lett nich na. Se bitt't un bädelt: „Och Opa! Doo't doch! Biet dr mal rin! To, Opa, to!“

Do ward Opa week un bitt in't Gras.

Do lacht de Deern over't ganze Gesicht un roppt: „Hurra! Nu kriegt wi 'n Feernsehapp'rat!“

„Wo kummst dar denn up, Deern?“ fraagt Opa.

„Ja!“ seggt de Deern. „Vader, de sä güstern: Wenn Opa in't Gras bitt, kriegt wi 'n Feernsehapp'rat!“

De Landjung

Buur Lampe ut Wiefelstä sin Jüngsten, de lütt Gerd, is to'n eersten Mal na Stadt. Dar schall he 'n paar Daag bi Tant Meta blieven.

As he den tweeten Morgen ut't Finster kickt – Tant Meta wahnt baben in 'n groot Mietshuus – do fraagt he:

„Tant Meta, wo hefft Ji Jo Höhner?“

„Wi hefft kin Höhner!“

Na 'n Sett fraagt he:

„Du, Tant Meta, wo hefft Ji Jo Swienen?“

„Wi hefft kin Swienen!“

„Un wo sünd Jo Keuh?“

„Och, min lütt Gerd, wi hefft kin Keuh!“

„Hefft Ji denn Wuddelland?“

„Nä! Ok Wuddelland hefft wi nich!“

Do kickt Gerd sin Tant heel duursam an un meent:

„Tscha, denn mugg ik blot mal wäten, wo Ji van läävt!“

Lüttje Lü

„Lüttje Lü", dat sünd sockse, de nich vääl in'e Melk to krömen hefft. Up 'n Dorp weer dat in de ool Tiet so: all, de kin Päärd un Wagen harrn, dat weern de „lüttjen Lü". De „dicken Buurn" keeken faken minnachtig up sockse dal, de „van'e Hand in 'n Mund" läven deen.

Man de lüttje Mann lett sik nich Bang maken, un in't Muuslock krupen deit he al lang nich. „Wat geiht mi de Welt an, ik heff dr ja kin Huus in", seggt he oder „Laat't 'n Koh kosten, wi hefft ja kin."

Un wat de Hauptsaak is: jüüst de lüttjen Lü sitt't vull van Knääp un Spijöök: „Ik will mi to Rauh setten, sä Jan Bremer, do weer he Landbreefdräger wurrn."

Eier un Hahn – Buddel un Traan

„Hinnerk!" seggt Kathrin s'morgens to ärn Keerl. „Du kunnst vandaag woll is na Stadt gahn. Ik mööt allerhand herhebben. So 'n bäten Geld heff ik noch, un denn sünd hier in 'n Korv twee Dutz Eier un dar, in den annern, is de ool bunt Hahn. De fluggt doch blot över all Tuuns un kleit un delgt."

„Is goot!" seggt Hinnerk. „Blot – ik mööt 'n Buddel Traan herhebben to 'n Stävelsmäärn. Den kunnst d u woll besorgen!"

„Denn mööߟt mi 'n Spier Geld hierlaten!" seggt Kathrin.

As Hinnerk 'n Deel van't Geld trüggäven, de Körv upnahmen hett un lostieht, roppt Kathrin em na:

„Kaam avers nich to laat wedder an't Huus! Bet Vesper büst sachs wedder in!" – – –

Vespertiet is lang vörbi. Dat is al balkenduuster, do kummt Hinnerk ennelk anpultern. 'n bäten schalu; denn he hett goot inbött. Man he markt: ok Kathrin hett bi't Traanhalen eenen up'e Lamp gaten. Dat gifft em Kuraasch. He rischt sik up un fraagt: „An den Traan hest doch dacht, Kathrin?"

„An dacht woll!" seggt Kathrin un schuult na de Eck, wor anners de Buddel steiht. „Man – man ik heff Malesch hadd: De Buddel is mi wegglä'n!"

„Wat? Wegglä'n?! – To! Nu snack! – Un do?!"

„Un do – do – is he – tweifullen!"

„So! Tweifullen! – Un de Traan?"

„De – de – is utlopen!"

Hinnerk will jüst mit 'n Dunnerslag kamen, do dröppt em sülven de Blitz, as Kathrin fraagt: „Segg is, Hinnerk, wo hett d i ' t denn gahn?"

„Tschä!" stamert he. „Dat – dat – weer mall! – As ik bi de Heid keem, weer de ool Hahn so still in 'n Korv, dat mi rein bang wurd, he harr sik drüüßelt. Süh, do böör ik de Schort, de du dr över bunnen harrst, 'n bäten up un keek rin. Do – brrr! – fluddert dat Beest rut un foors af, hochup, rin in 'n Boom!"

„So!" seggt Kathrin bäätsch. „Dat weer de Hahn. De weer wäge! – Un de Eier?"

„Tschä! De Eier!" seggt Hinnerk benaut. „Wat schull ik maken? Ik harr ja anners nix bi de Hand as de Eier. Dar heff ik den Satanshahn mit smäten!"

Do schutt Kathrin up Hinnerk to.

Ratz! hett he eenen links an'e Snuut: „Dat is för de Eier!" Batz eenen rechts: „Un dat is för den Hahn!"

Man ok Hinnerk ward risch. Rums! sleit he Kathrin an'e linke Back: „Dat is för den Buddel!" Bums! an'e rechte: „Un dat is för den Traan!"

Un so geiht dat nu fudder, jümmers umschicht – ratz, batz! un rums, bums! – mit den staatschen Wesselgesang:

„Dat is för de Eier!
Un dat is för den Hahn!" –
„Dat is för den Buddel!
Un dat is för den Traan!"

De Wahl

Willi Brüggemann is as Vörstand van 'n Gesangvereen wählt. Den annern Dag sütt em de Paster, geiht up em to un graleert em to de Wahl:

„Ja, mein lieber Brüggemann! Daran sieht man doch, wie beliebt Sie in der Gemeinde sind!"

„Ja!" seggt Willi Brüggemann. „Man dat weer binah doch noch scheef gahn. Se wullen eerst minen Naver, den olen Grootsnuut Jan Willers, wählen. Do leep mi de Gall över, un ik reep in den Saal rin, of se denn nich noch 'n grötern Ossen wussen. – Do hefft se mi wählt!"

Der schlaue Moses

Wer vor 1883, als die freien Reichsstädte Bremen und Hamburg dem deutschen Zollgebiet noch nicht beigetreten waren, von Bremen nach Oldenburg reiste, der mußte auf dem Bremer Bahnhof erst deutsche Zollbeamte passieren und seine in Bremen gemachten Einkäufe, z. B. Kognak, Tabak und Gewürze, sehr hoch verzollen.

In jener Zeit war das am Stau gelegene „Hotel de Russie" (später der Handelshof) das feinste Hotel Oldenburgs. In ihm amtierte als Hausdiener ein Mann, der allgemein den Spitznamen „Moses" führte. Dieser Moses wurde nun einmal nach Bremen geschickt, um dort bei dem Wirt des am Bahnhof gelegenen „Hotel du Nord" echten Jamaika-Rum abzuholen und möglichst den hohen Zoll zu sparen.

Der schlaue Moses hatte zu diesem Zweck einen kleinen Handkoffer mitgenommen und darin eine Katze „verstaut". Auf die Frage des Zollbeamten: „Wat is dar in?" hatte Moses wahrheitsgemäß geantwortet, aber dann unter dem höhnischen Gelächter des Zollbeamten den Befehl erhalten, den Koffer sofort zu öffnen. Dabei war die Katze mit einem großen Satz herausgesprungen und auf die Straße gelaufen. Moses sauste hinterher.

Als er nach einer Weile, den Handkoffer fest verschlossen, zurückkehrte, verlangte der Zollbeamte nicht nochmals das Öffnen des Koffers, sondern ließ Moses ruhig passieren mit den Worten:

„Na laat dat Beest nich wedder lopen!"

Moses aber hatte inzwischen statt der Katze im nahen „Hotel du Nord" rasch seine Flaschen Jamaika-Rum und echten Whisky im Handkoffer untergebracht und kam damit unverzollt in Oldenburg an.

Portier Eilers

Jever hatte einen Bahnhofsportier namens Eilers, der bekannt war wegen seiner Reimereien. Wurde er gefragt: „Wann fährt der nächste Zug nach Bremen?", dann reimte er:

„Da setzen Sie sich man in Trapp!
In zwei Minuten fährt er ab!
Der Zug steht auf dem zweiten Gleise. –
Ich wünsche Ihnen gute Reise!"

Als eines Tages ein in Jever weilender Herr aus Braunschweig wieder abreisen wollte, erkundigte er sich bei Eilers nach der genauen Abfahrt des Zuges.

„Um 7 Uhr 40 läuft der Zug hier ein,
da haben Sie noch Zeit zu einem Gläschen Wein!"

Der Reisende bedankte sich nun auch in Reimen. Eilers stutzte. Wollte der ihn verulken? Eilers antwortete wieder in Reimen. So entstand eine regelrechte Reimschlacht, bis beide bei der Sperre angelangt waren. Es wurde Zeit. Der Reisende kaufte sich noch schnell eine Tüte schöner Brasilzigarren. Portier Eilers verabschiedete sich von ihm mit einem Reim. Der Reisende ebenfalls:

„Mein lieber Herr Eilers!
Es war mir ein Vergnügen!
Wollen Sie sich, bitte, eine Zigarre kriegen?"

Dabei langte er Eilers die Tüte hin. Der antwortete:

„Mein Herr! Wenn Sie mir wollen was tun zugute,
bin ich so frei und nehm die ganze Tute!"

Nahm die ganze Tüte, lächelte freundlich und schritt gravitätisch davon.

Bäter is bäter

Oma sitt achter'n Aben. Dat is nix nich mehr mit är. „Ji schöölt sehn, ik mööt dr bold hen. Mit mi is't vörbi!"

Är Lü willt se trösten: „Och, Oma, dat is säker nich so slimm. Büst ja al faken mal so 'n bäten quienig wäsen, man hest di alltiet wedder uprappelt!"

Man Oma schüddkoppt: Nä, nä, Kinners! Ik weet doch nich! Ji schöölt sehn, ik kaam bold to liggen un denn haalt Ji den Dokter un den Pastor. Bäter is bäter! Ik will mi doch man leever nu al de Ööt waschen!"

Engel oder Düvel

Hüürmann Hinnerk Brahms sitt in'n Kroog mit 'n paar Frünnen tohoop. Do vertellt een ganz Kloken: „Wenn du wäten wullt, wat mit de Frolü los is, denn höövst di blot är Knee wiesen to laten. Hefft se moi runne Knee, denn sünd't Engels. Man wenn de Knee spitz sünd, denn sünd't Düvels."

As he na Huus kummt, sitt sin Fro in'e Köök. Se hett düchtig in 'n Gaarn knojet, hett dr bi up de Knee säten. Nu hett se Hinnerk sin Jack vör, neiht dr 'n Knoop wedder fast.

Hinnerk ballert är an: „To, Frieda! Wies mi is din Knee!"

De Fro kickt em verwunnert an. Se denkt, he hett eenen to vääl drunken, man se treckt doch ärn Rock so 'n bäten hoch.

„Nä!" seggt Hinnerk. „Du büst kin Engel un du büst ok kin Düvel! – Du büst 'n Swien! Din Knee sünd ja swart!"

Nich to fliedig!

Den Ökelnamen „De fliedige Jan-Dierk" harr us Naver van de Kinner. Wenn he mit 'n Minschen snackt harr, sä he bi'n Weggahn: „Denn wääs man nich to fliedig!"

Dat sä he to de Lü, de up 'n Feld arbeiten deen. Dat sä he to de olen Moders, de up lüttje Kinner passen. Dat sä he ok to'n Paster un to'n Breefdräger.

Mal ruddel em sin Fro s'nachts ut 'n Slaap: „Du, Jan-Dierk! Dar slickt een in usen Gaarn rum. De will us wat stehlen!"

Jan-Dierk weer gau in'e Büx un gung mit de Swääp na buten. He kunn nix finnen. Doch, dar up de Gaarnbank seeten twee! He gung neeger un froog: „Hö! Wo kaamt Ji denn her? – Och, du büst dat, Emma!"

Emma weer de Deenstdeern. „Un wen hest du bi di?"

„Dat is Gerd Brook ut Wickenfeld. Wi hefft us leßten Sonndag up 'n Schutzenfest kennenlehrt."

„So, so! Dat is wat anners. Ik meen, dat weer 'n Deev!" sä Jan-Dierk. „Na, ik will Jo nich länger stöörn. Denn wääst man nich to fliedig!"

Putz Fimmen

Der Polizist Fimmen war als gestrenger Herr unter den Oldenburger Jungen während der Jahre 1880 bis 1900 sehr gefürchtet. Er hieß allgemein „Putz Fimmen".

Mit der hochdeutschen Sprache war er nicht so ganz vertraut. Als einmal Arbeiter mit einem Handwagen auf dem Bürgersteig fuhren, rief er energisch:

„Fahren Sie mich sofort vons Trottoir!"

Die Arbeiter nahmen das wörtlich, setzten Putz Fimmen auf den Handwagen und fuhren ihn vom Trottoir auf die „Pferdestraße", wie man damals die Fahrstraße nannte.

X Berlin

De lüttje Hüürmann Jan Reimers is bi sin Dochter in Berlin to Besöök wäsen. As he wedder trügg is, fraagt em sin Naver:

„Segg mal, Jan! Wo is dat in Berlin?"

„Tschä! Wo schall ik di dat verklaren? Kennst du Cloppenborg?"

„Ja, säker!"

„Na, süh! Gegen Berlin is Cloppenborg man 'n Schäät!"

Dat dat d a t gifft!

In'e Iserbahn sitt 'n Fro mit ärn Jung van'n dree of veer Jahr. Gegenöver sitt 'n Fro, de sütt, de Jung puult sik in eensen weg in'e Nääs un steckt twüschendör den Puulfinger in'n Mund.

Do seggt se to de Moder un wiest darbi up dat Kind:

„Draff dat dat?"

De Moder argert sik. Wat fallt dat Minsch in, sik in anner Lü är Saken rin to mengeleern. Se snaut vergrellt trügg:

„Dat draff dat!"

Do kickt de Fro de Moder verwunnert an un seggt so recht langtöögsch:

„Dat dat dat draff!"

In'n Huse vertellt se bi Disch de Geschicht. Oma höört nipp to, sitt 'n Tietlang nadenkern dar, schüddkoppt un meent denn:

„Dat dat d a t gifft!"

Wat in'e Hand hebben

Dat weer in de Tiet, as de Lü noch to Foot gungen. De Dokter ut de Braak weer up 'n Sonndag över Land. Do dreep he bi Alserwurp den Hüürmann Klaas Ahrens. De harr sik moi up Sonndag upmaakt, man vör sik her schoov he 'n Schuuvkaar.

Heel verwunnert froog de Dokter em:

„Nu segg is, Klaas, wullt du na Stadt?"

„Ja, säker, Herr Dokter!"

„Un wat wullt du mit de Schuuvkaar?"

„Tscha, Herr Dokter! Dat is so: As ik weg wull van Huus, do harr mi dat Kinnergoot doch wahrraftig minen Handstock verkleit. Un w a t mööt 'm doch in'e Hand hebben!"

Wat sochst du?

Josef kofft sik af un to is eenen. Wenn he denn inkummt, luunt sin Olsch woll 'n acht Daag. Dat ward Josef allnagra to vääl.

Mal, as he wedder anschaten wäsen is un sin Fro al 'n paar Daag nix to em seggt, kummt he up 'n goden Gedanken.

Up 'n Flur, de dör dat ganze Huus loppt, steiht up dat een Enn dat Linnenschapp. Josef nimmt een Rull na de anner rut, packt dat Enn un – hö hopp! – jaagt he de Rull över den Flur, dat se up de anner Siet gegen de Kökendöör ballert.

As he dat so 'n halv Stieg Mal maakt hett un den Kopp jüüst wedder in't Linnenschapp stäken will, geiht gunnt de Kökendöör up, sin Olsch kickt rut un fraagt ganz angstig:

„Josef! Mein Gott! Wat sochst du?"

„Dinen Mund!" seggt Josef wat vergrellt. „Gott Dank, dat he dr wedder is!"

Stimmt!

Jan un Hinnerk föhrt in Arbeitstüüg van Ollnborg na Wilhelmshaven. Är gegenöver in't Afdeel sitt 'n feinen Herr. Jan un Hinnerk laat't är Piep gar nich utgahn. De beste

Knaster is't jüüst nich, den se smöökt. Är Gegenöver treckt sin Nääs kruus un kriggt dat toleßt ok noch mit't Hosten.

Do fangt he 'n Snack an:

„Sie rauchen zu viel, meine Herren! Sie sollten nur wenig rauchen und dann nur eine gute Zigarre. Sie müssen mehr an Ihre Gesundheit denken: das übertriebene Rauchen macht früh alt! – Wie alt sind die Herren übrigens?"

„Ik bün dartig", seggt Hinnerk, „un dar, Jan, de is dreeundartig."

„Ja, sehen Sie!" seggt de Herr, „ich hatte Sie beide für viel älter gehalten. Sie müssen zweckmäßiger leben: wenig rauchen, wenig trinken, jeden Morgen sich kalt abreiben oder baden, dann etwas turnen – hernach ein leichtes Frühstück, vitaminreiche Kost! Vor allem: nicht zu viel Fleisch essen!

Ich lebe so! Und – bin ich nicht gesund? Raten Sie, wie alt bin ich?"

„Tscha! Wo ollt sund Se?" seggt Jan. „Ik denk, tweeunfoftig."

„Stimmt!" seggt de Herr. „Wie haben Sie das nur so genau geraten?"

„Tscha!" seggt Jan. „Wi hefft bi us up'e Naverschup 'n Keerl, de is h a l v överspönig! Na, un de . . . de is . . . de is seßuntwintig!"

Harthörig

Vör Jahren is, do weer in 'n Gesangvereen „Concordia" in Needorpshusen Familienfest. Ok de Borgermeister harr sik free maakt un gung nu van Disch to Disch un snack mit all Bekannten un Frünnen: Pastoren, Dokters, Aftheekers, Schoolmesters un denn so wieder runner.

Do keem he ok an ool Koopmann Janßen sinen Disch. De Fro weer so 'n bäten wat harthörig.

„Na!" seggt de Borgermeister. „Go'n Abend, Fro Janßen, sünd Se ok hier?"

Fro Janßen hollt sik de Hannen an de Ohren un fraagt: „Wat sä'n Se, Herr Borgermeister?"

„Sünd Se ok hier, heff ik seggt", sä de Borgermeister 'n bäten luter.

„Ik verstah noch nich!"

Do kummt är Mann, de ool Janßen, är to Hülp un brüllt är in't Ohr, un dör'n ganzen Saal:

„Of du dr ok büst, wull de Herr Borgermeister geern wäten!!!"

He troot dat nich

Een van de Lakaien van'n Großherzog weer starvenskrank. De Paster keem un wull em up'n Himmel vertrösten.

„Jan", sä he, „wääs tofrään. Wenn du in'n Himmel kummst, kriggst du't bäter!"

Jan aver meen:

„Herr Paster, dar schall't ok woll wat gäven! Dat kann'k mi woll denken, wo't dar togeiht. Dar krieg ik ok kin Rauh. Dar heet dat ok: Jan, blitz mal! Jan, dunner mal! Jan, laat dat mal rägen! Jan, stick de Sunn is up! Jan, putz is den Maand blank! Jan, snüütke de Steerns!"

Swieg still!

In Dötlingen wahn vor lang Jahren gegen de Pastoree 'n Hüürmannsfro, de bannig resolut weer. Man se harr't faken mit de „Winde" to doon.

Mal weer se mit ärn Naver, den Herrn Pastor, an't Snacken, un ok dar passeer är dat 'n paarmal, dat är 'n Wind afgung.

Man de Fro bleev dr ganz ruhig bi, dreih sik so halvwäägs um, hau sik – batsch! – eenen vör'n Achterstäven un sä kort un streng:

„Swieg still, Mors, ik snack doch mit usen Pastor!"

Un denn snack se wieder, as wenn dr nix passeert weer.

Twee Part Frolü

'n Koppel Seelü sitt't in 'n Kroog. Jüüst hefft se de Frolü bi'n Wickel un laat't dr kin goot Haar an.

„Ik weet nich, wat Ji alltiet so up de Frolü to schimpen hefft!" meent Uve Raa. „Min Fro is 'n Engel!"

„Na, denn kannst di freun!" seggt do Käppten Brandes. „Min Fro, de läävt noch!"

Nu laat Ik em lopen!

Dar seeten 'n paar Kinner vor't Finster un keeken ut. Up guntsiet van'e Straat kunnen se 'n ool Oma sehn, de weer an't Stricken. Dat gung är goot van'e Hannen. Man twüschendör höör se up, bück sik vördal un fung denn wedder an to stricken. Dat weer ja putzig. De Kinner weern neeschierig, wat dat mit dat Bücken up sik harr. Darum pratzen se är Moder, se schull doch is rövergahn na de ool Oma.

Na, de Moder, de dee dat. As se bi de ool Oma seet, vertell de:

„Ja, se köönt sik freun, dat se 'n goden, fliedigen Mann krägen hefft. Wat min Mann weer, dat weer alltietlävens so'n richtigen Jan-Gliekgult un darbi so fuul, as he lang weer. De hett mi bannig in'e Gang holen, un sülven kreeg he knapp 'n Foot vör 'n annern. Ik heff em faken noog min Meenen seggt, man hulpen hett dat nix.

Doch as he doot weer, do heff ik dacht: „Nu will ik di woll kriegen! Ik heff em in't Krematorium verbrennen laten. To de Asch heff ik mi 'n Eieruhr maken laten. Un süh! Dat is min Pläseer! Nu kann ik den olen Fuulpuup doch lopen laten!"

Hosten

De Kuhlengraver Hinnerk Lüttjelüschen is dr wedder mal bi, 'n neet Graff to graven. He hett al 'n Barg Jahren up'n Puckel un puust un host düchtig bi de Arbeit.

De Paster kummt dr jüüst vörbi un meent:

„Na, Hinnerk! Ji hefft avers 'n gräsigen Hosten! Mi dunkt, dar mussen Ji wat an doon!"

„Och wat, Herr Paster!" meent do Hinnerk Lüttjelüschen un lacht. „Süh! All de Lü, de hier so Reeg an Reeg liggen doot, wat wullen de sik freun, wenn se noch so'n Hosten as ik harrn!"

Rindveeh

August un sin Swager Paul sünd sik nich gröön to. Siet tein Jahr hett August den Paul nich sehn. He weet blot, dat de 'n Motorrad hett.

Mal kummt August s'abends na Huus un seggt to sin Fro:

„Du, vandagen keem mi din Broder Paul in'e Bremerstraat mit sin Motorrad tomööt. Weer ik nich noch gau bi Siet sprungen, denn harr he mi överföhrt. Do hett he mi ok noch „Du Rindveeh" toropen!"

„Och", meent sin Fro, „denn hett he di woll nich kennt."

„Klaar! Mööt mi ja kennt hebben", seggt August, „anners harr he doch nich ‚Du Rindveeh!' to mi seggt!"

Trina

Trina is'n Staatsdeern, man se mööt noch vääl lehren, as se na de Stadt in Deenst geiht.

Den eersten Abend geiht se sliepsteerts up't Bett un seggt nix. Do seggt de Fro den annern Morgen to är, so weer dat nich recht, se muß „Gode Nacht!" seggen.

De Dag geiht hen. De Abend kummt. As de Klock nägen sleit, kummt Trina in de Stuuv un seggt ganz luut: „Gode Nacht ok!" Dar is jüüst 'n lüttje Sellschup tohoop, Mannslü un Froonslü, un alltohoop lacht un gnickert se.

Den annern Morgen seggt de Fro to Trina, so weer't ok noch nich recht. Se muß dat wat stiller afmaken.

De Dag geiht hen. De Fro is verreist. De Mann sitt s'abends mit'n paar Frünnen in'e Stuuv un späält Skat. As de Klock nägen sleit, kummt Trina in'e Döör, geiht sinnig up den Huusherrn to, bückt sik dal bet an sin Ohr un flüstert:

„Ik gah nu up't Bett! Gode Nacht!"

Een Moll vull is dr al!

De Huusslachter Eilt Möller weer 'n fliedigen Mann, de sin Handwark verstund. Ok sin lütt Buree harr he best up Stä. Man he sloog sik man so slecht un recht dör. He harr 'n ganzen Koppel Kinner, un darum kunn he nich up'n grönen Twieg kamen. Weer dat een Göör man so eben ut'n Rüügsten rut, denn keem dr al wedder wat Lüttst.

Nu weer't wedder so wiet. Dat weer jüüst Sonndag namiddag. Eilt Möller seet in'n Kroog. He wuß nich, wat to de Tiet bi em to Huus los weer. Dar harr de Hebamm jüüst twee stramme Jungs haalt. In'n ganzen Huus weer kin Weeg to finnen. Darum harr de Hebamm de beiden Lütten korthannig in'n Moll (Mulde, flaches hölzernes Gefäß für Fleischwaren) packt.

Denn reep se den ollsten van de Kinner, 'n Jung van goot tein Jahr. He schull gau na'n Kroog lopen un sinen Vader Bescheed seggen. De Bengel suus denn ok los, reet de Kroogdöör apen un bölk dr rin:

„Vader! Du schußt glieks na Huus kamen! Wi kriegt Kinner! Een Moll vull is dr al!"

Hunneläven

Jan Rickmers kummt s'abends van'e Arbeit na Huus. Dat Abendäten is noch nich klaar. Jan is slecht bi Luun un fangt an to schimpen:

Dat is ja 'n Hunneläven, wat ik hier heff!"

„Hunneläven?" meent do sin Fro. „Dat kann woll stimmen: Du kummst mit schieterige Fööt in'e Stuuv, settst di an'n Aben, gnurrst un luurst up din Foor!"

Freesmöökt

In'n Müsselkroog stund fröher de Tabakskasten up'n Disch. Jede Gast kunn dr umsunnst so vääl van smöken, as he Lust harr. Wenn't ok nich de beste Knaster weer, dat geev doch Lü, de dr up leepen. De Sluck weer domals noch billig; 'n Hullmannschen kost blot 'n halven Groschen.

Nu kummt dar is'n Rentjee ut de Naverschup. De Lü seggt, he hett'n Barg Geld up'n Bult, man he is gräsig nau (geizig). He bestellt sik'n Sluck un stoppt sik ok glieks den groden Kopp van sin halvlange Piep bet babenhen vull. 'n paar Stunnen sitt he bi den eenen Sluck, stoppt avers een Piep na de anner un qualmt, as wenn 'n Lüttmann backt.

As he toleßt upsteiht un den Kröger fraagt, wat he schullig is, do lacht de un seggt:

„Du schaßt gar nix betahlen, Naver! Du hest di freesmöökt!"

Pädagogen

Professor Wisser und die Untersekunda

Professor Wisser, unser „Märchenprofessor“ (1843 bis 1935), unterrichtete am Oldenburger Gymnasium am Theaterwall.

Einmal war er zu Ostern Klassenlehrer einer Untersekunda geworden. Es war nun Tradition, daß von der Versetzung nach Untersekunda ab die Schüler mit „Sie“ angeredet wurden. Die neugebackenen Untersekundaner waren nun voller Erwartung, wie Wisser, der sich an solche Dinge nicht allzuviel kehrte, die Sache handhaben würde.

Wisser kam in die Klasse und löste das Problem mit folgender wahrhaft klassischen Einführungsrede:

„Moin, Keerls!

Könnt Euch setzen!

Wer von Euch ist Haferkamp?

So, du bist das!

Haferkamp, ich hab gehört, du poussierst mit meiner Tochter Hanna. Nimm dich in acht: sie is'n Aas! –

So! Kannst gleich mal übersetzen!“

Bescheidenheit

Um 1860 wirkte am Gymnasium in Oldenburg der Zeichenlehrer Willers, der von seinem Können eine besonders hohe Meinung hatte.

Er war der Bruder des trefflichen Landschaftsmalers Ernst Willers (1804–1880), der über 20 Jahre in Italien wirkte.

Zeichenlehrer Willers lebte ganz der Würdigung dieses Bruders. Wo er nur die Gelegenheit dazu fand, sang er dessen Loblied, aber zugleich auch sein eigenes. So pflegte er den Gymnasiasten zu sagen:

„Es gibt zur Zeit in Deutschland nur drei anerkannte Kunstmaler: Das sind Anselm Feuerbach, Ernst Willers – und den dritten zu nennen, verbietet mir meine Bescheidenheit."

Latein

Professor Gehrken, genannt Zacker, war Lateinlehrer am Stadtoldenburger Gymnasium.

Zu den Zöglingen, bei denen nicht gerade jedes Saatkorn der Weisheit auf fruchtbaren Boden fiel, gehörte Ummo Wilkens aus Butjadingen. Sich redlich quälend, schleppte er sich dennoch im Lauf der Jahre bis zur Unterprima durch. Dann aber bekam er es satt, im Kampf mit der lateinischen Grammatik immer zweiter Sieger zu bleiben. Er ging zum Direktor und meldete sich von der Schule ab, um sich der Landwirtschaft zu widmen.

Ein paar Tage später redete Professor Gehrken ihn an:

„Wilkens, ich habe gehört, Sie wollen uns verlassen?"

Wilkens antwortete stolz:

„Ich habe keine Lust mehr, mich mit den toten Sprachen vergangener Völker abzuquälen. Ich werde ein freier Bauer auf eigener Scholle, und dann sage ich:

Ik stolper mal över een Swien,
do vergeet ik min Latin!"

Schlagfertig antwortete Gehrken:

„Du kannst nich vääl vergäten,
du hest dat ja nich fräten!"

Das Festessen

Der alte Hauptlehrer Bücking an der Dählmannschule (später Wallschule) in Oldenburg hatte oft angeregt, den Mädchen im letzten Schuljahr Kochunterricht erteilen zu lassen. Endlich hatte Oberbürgermeister Tappenbeck erreicht, daß der Stadtrat die Mittel bewilligte.

Die Eröffnungsfeier wurde durch Lieder umrahmt, die der Obermusiklehrer Busch vom Seminar dirigierte. Nach den feierlichen Ansprachen wurde endlich ein leckeres Festessen aufgetragen. Bevor man sich an den Tisch setzte, ließ Busch singen:

„O daß ich tausend Zungen hätte
und einen tausendfachen Mund!"

Kin Roos!

Siefken sin Deern harr s'morgens noch vör de Schooltiet den Swienstall utmeßt. Se harr avers kin Tiet mehr hadd, sik noch to waschen un rook noch in'e Schoolstuuv na'n Swienstall.

De Mester schick se darum wedder na Huus mit'n Zädel: „Das Kind riecht, ich bitte, es erst zu säubern."

Siefken Moder keem dr hellsch över in'e Fahrt. Na'n halve Stunn keem Hanne wedder in'e School an mit den sülvigen Zädel. Dar stund up de anner Siet up:

„Herr Lehrer! Wat hefft Se an min Hanne to rüken? Se is doch kin Roos!"

Snacken mit'n Steert

Ökonomierat Jan Huntemann (1858 bis 1934), der bekannte Vorkämpfer für die moderne Landwirtschaft, belehrte nicht nur die Schüler der Landwirtschaftsschule. Er reiste auch viel durchs Land und hielt Vorträge. Überall galt sein Wort. „Jan Huntemann hett't seggt!" hieß es, und das bedeutete: So muß man's anpacken! Darüber hinaus schrieb er jede Woche einen belehrenden Aufsatz für die „Oldenburger Nachrichten für Stadt und Land".

Diesen Aufsatz schrieb er immer mittwochs. Er saß dann in seinem Arbeitszimmer am Schreibtisch, und niemand durfte ihn stören. Nur seine Heidewachtel lag bei ihm.

Da hörte einmal seine Frau, die sich in der Stube nebenan beschäftigte, daß Jan Huntemann wütend ausrief:

„Ool Hund! Laat dat verdoomte Snacken mit'n Steert! Dar ward man ja verrückt van!"

Land!

Nach 1918 wollte alle Welt gern einen Acker besitzen. Rektor Johann Bruns aus Oldenburg war der Vorsitzende des Kleingartenvereins. In den „Oldenburger Nachrichten für Stadt und Land" schrieb er jede Woche Aufsätze über die Arbeit im Kleingarten.

Einmal fand er dafür die folgende geniale Einleitung:

„Als Kolumbus 1492 vom andalusischen Hafen Palos aus mit drei Schiffen und 90 Mann gen Westen ausgefahren war und Stunde um Stunde, Tag um Tag, ja, Monat um Monat verstrich, als man nichts sah als Wasser und immer nur Wasser, als die Gefährten bereits kleinmütig wurden und zu meutern begannen – da war die Sehnsucht nach Land nicht größer, als heute bei den Kleingärtnern!"

Pastoren

Pastoren, eendoont of kathoolsch oder evangeelsch, of se in'e Stadt oder up'n Dorp up'e Kanzel staht, de hefft dat nich licht. All Lü kiekt dr na, wat se drievt un doot. Elk Woort, wat se seggt, nich blot in'e Kark, nä, ok anners, dat ward up de Goldwacht leggt. Blievt se still för sik in är Studeerstuuv, denn paßt de Lü dat nich. Gaht se vääl unner de Minschen un fiert ok gar is mit, denn is dat ok nich recht.

Un doch! Respekt hefft se all vör de Lü in'n swarden Rock. Un wat se dr sik van vertellt, dat vertellt se mit'n Smuustergrien. Un dat bedüdd: Sünd se ok is wat snaaksch, us Pastoren, Keerls sünd se doch!

Pastor Roth

De Stadt Ollnborg harr in Paster Roth 'n Seelsorger, van den dat Volk noch lang, lang vertellen dee. Wat he sä, wenn he sonndaags up de Kanzel stund oder wenn he an't Sark de Lü trösten muß, dat weer säker nich de höchste Kanzelkunst, man all Lü marken doch, dar snackt een, de dat Hart up de rechte Stä harr.

Ja – nein!

Mal stund he to Wiehnachten up de Kanzel. In de Kark weern nich vääl Lü. Man dat kenn he.

He fung an:

„Weihnachten!“

He maak 'n lange Pause.

„Ist Weihnachten ein liebliches Fest? Oder ist es kein liebliches Fest? – Ja, natürlich ist Weihnachten ein liebliches Fest. Da sind der Tannenbaum, all die Lichter, die

Freude bei jung und alt, die Lieder, die Geschenke. Was haben sie nicht alles bekommen? Das nimmt ja kein Ende. – O, Weihnachten ist ein liebliches Fest!

Nein! Weihnachten ist kein liebliches Fest! Da sind die Armen, die Kranken, die Trauernden. Die sitzen da nun her und grämen sich und haben nichts von all der Freude.

O! Ja! Weihnachten ist doch ein liebliches Fest!"

So gung dat nu fudder, ümmer umschicht, mal „Ja!", mal „Nä!". Dat hōōr sik snaaksch an. Un doch, dat pack de Tohörers.

Sunner Kompaß

An't Graff van 'n Kaptein sä he:

„Da liegt er nun. Wer hätte das gedacht? Vorige Woche begegneten wir uns noch auf der Staulinie. Und nun ist er schon tot. Er war ein Seemann. Ein Kapitän zur See. Er fuhr mit Kompaß. Jetzt fährt er ohne Kompaß."

Vandagen anners!

De Weert van't „Hotel de Russie" an'n Stau weer up't Olendeel gahn un weer na Bremen trucken. Man he hung an Ollnborg un föhr dr faken noch is wedder hen. Ok bestimm he, he wull up'n Ollnborger Gertrudenkarkhoff sin Graff hebben.

Nu weer't sowiet. Pastor Roth snack vör de Troorgemeen. He sä:

„Da liegt er nun, unser lieber entschlafener Freund! So oft ist er von Bremen nach seinem geliebten Oldenburg zurückgekommen; aber noch nie so wie heute!"

Wat hett se dr van?

Dat ool Frollein Hullmann ut de Rosenstraat weer sturven. Se harr vääl Godes daan in är Läven. Bi är an't Graff sä Pastor Roth:

„Da liegt sie nun, unsere liebe entschlafene Mitschwester. Soviel Gutes hat sie getan. Soviel Strümpfe hat sie gestrickt. Soviel Tränen hat sie getrocknet!

Da liegt sie nun. – Was hat sie davon?"

Dat weer 'n snaaksch Fraag. Man Pastor Roth meen, se harr dr den „himmlischen Lohn" van.

Das paßt!

Einmal hatte Pastor Roth die Tochter eines reichen Kaufmanns mit einem adeligen Offizier zusammengegeben. Beim Hochzeitsessen trank er dem jungen Paar zu und sagte dabei:

„Sie hat das viele Geld, er hat den alten Namen! Paßt das nicht fein zusammen?"

Zeit gehabt!

Ein Ehepaar hatte erst zwölf Jahre nach der Hochzeit ihr erstes Kind bekommen. Bei der Taufe wußte Pastor Roth die Worte gut zu setzen:

„Da liegt es nun, das liebliche Kind, dies rosige Wesen, die Freude der Eltern! – Aber die Eltern haben ja auch lange Zeit dazu gehabt!"

De falsche Paster

Van 1882 bet 1885 predig in Ohmstede Dr. Patisch. Wenn he up de Kanzel stund, weer de Kark alltiet bet up den leßten Platz vull. Ja, he kunn't! He weer ok anners 'n däägten Keerl. He grünn dat „Gertrudenheim" an'e Nadorster Straat. Man – he maak ok Swinnelkraam. So keem't denn all rut. Mit falsche Papieren harr he sik to'n Pastoren un to'n Dokter maakt. Dar muß he seß Wäken för in Vechta sitten.

As de Patisch-Swinnel rutkeem, geev't in Ollnborg Slaubergers, de meenen: „Wi sünd van Paster Dr. Patisch mit us Fro tohoopdaan wurrn. Wo is dat nu? Wat nich echt is, dat gellt doch nich. Darum gellt ok us Ehe nich. Wi köönt van us Frominsch wedder afkamen!"

Man dar harr 'n Uul säten. Disse Slaubergers harrn nich bedacht: Siet 1875 weert de Ehen dör den Akt up't Standesamt „rechtskräftig".

De Jicht

Köster Harms dröppt den Dokter un fraagt:

„Seggen Se is, Herr Doktor. Wo kriggt 'm blot de Jicht (Gicht) van?"

Do lacht de Dokter un seggt:

„Kiek! Kiek! Dar hett di dat nu ok to faten krägen! Ik heff mi't al lang dacht, min leeve Harms! Nix as in'n Kroog sitten, fräten, supen, Karten spälen un achter de Schorten herlopen, bi so'n Läven, dar is de Jicht alltiet dat dicke Enn!"

„Nä, nä, Herr Dokter!" lacht Harms. „Ik heff se ja nich. Ik weer blot neeschierig. Ik heff höört, uns Paster, de harr dat mit de Jicht to doon!"

De Hund mutt bläken

Landdechant Brust van Cloppenborg wuß, wo man mit de Lü umspringen muß. Mal harr he van allerhand slimm Undöögt in sin Gemeen höört. Sonndaags snack he dr up de Kanzel van, verklaar de Lü lang un breet, so wat dat druff man nich doon, wahrschau är mit dat, wat dr van kamen kunn un sett dr achter her:

„Das wollte ich euch sagen, und das mußte ich euch sagen. Ich will doch einst dort oben nicht vor meinem Herrgott stehen wie ein Hund, der nicht ‚gebläákt' hat. – Amen!"

Karkenbericht

St. Joost, nich wiet van Wiarden, dat weer in de ool Tiet dat lüttjest Karkspill van't Jeverland.

As mal an'n Neejahrsmorgen de Paster 'n Överslag maken dee van allens, wat dat vergahn Jahr passeert weer – Geburt, Dood, Dööp, Heirat (Kopulation) un so fudder – do schreev he in sinen Bericht:

„Geboren meins,
gestorben keins,
kopuliert ein einzig Paar,
darunter des Küsters Tochter war."

Dat weer goot so, man so'n bäten scheef käken hett de Paster doch woll. Van anner Lü kreeg he för sin Arbeit Geld, man för de Dööp van sin eegen Kind un för de Hochtiet van de Köster sin Dochter geev dat kin Afgaben.

De swaare Kaakkunst

In Edewecht weer vör Tieden 'n Paster, de kreeg'n nee Huushollersch. Pannkoken backen un Arfkenzopp kaken, dat kunn se, man van de feine Köök verstunn se so vääl as de Koh van'n Sonndag.

Mal harr de Paster 'n Snipp (Schnepfe) schunken krägen. De Huushollersch nehm se ut, braa se un broch se up'n Disch.

„Jungfer!" sä de Paster. „Dat hett Se nich recht maakt. Se harr de Snipp nich utnehmen mußt. Dat Ingedööm mutt dr in blieven. Dat is jüüst dat Beste!"

Den annern Dag kreeg de Paster Besöök. Do muß de Huushollersch 'n Aant braan. Se nehm se nich ut. Mit de ganze Bescherung keem se up'n Disch. De Herrens heelen sik de Näsen to. De Paster wurd vergrellt, fung an to schellen över den Swienkraam.

„He weet ok nich, wat He will!" gnurr de Huushollersch. „Den eenen Dag will He Dreck fräten un den annern Dag nich!"

De ool Predigt

Theodor Dirks (1816–1902), de den Plattdüütsch Klenner van 1866–1871 ruutgeew, vertellt:

Pastor A. to S. harr is keen Tiet hadd, 'n nee Wiehnachtspredigt to maken. He seeg sik nich anners to helpen, he muß 'n ole wedder upwarmen. Dat muß een wäsen, de he al vör langen Jahren holen harr, denn unner sin Karklü weer'n Mann, de keenen Sonndag fehl un de all Predigten lange Tiet in'n Kopp beheelt. He nehm also een, de är goden tein Jahr oolt weer; so wiet gungen Bruns sin Gedanken doch ja woll nich trugg.

De Dag, de keem, de Predigt wurd holen, un us gode Karkgänger seet, wo he ümmer seet, harr de Arms up de Lehn van den vornsten Stohl leggt un den Kopp up de Arms un de Ogen to un de Ohren apen. De Kark is nu ut, de Lü gaht weg, un de Paster un Bruns toleßt ok.

„Na, Bruns", fraagt de Paster, „wo hett em denn min Predigt vandagen gefallen?"

„Wedder recht schön, Herr Pastor!" seggt Bruns. „Wedder recht schön! Dat Gode höört 'm nich to faken!"

Dööpwater

Ool Paster Bäkermann ut Jever weer 'n Keerl, de in de Welt passen dee. Up'e Kanzel un ok in't Läven stund he sinen Mann. All Lü muggen em geern, blot twüschen em un den Koopmann un Ratsherrn Anton Meenen gung dat to as twüschen Katt un Hund.

Anton Meenen harr nix mit de Kark in'n Sinn. He betahl sin Karkenstüür, man darmit basta! Wo he't man afkamen kunn, dar hack he up Paster Bäkermann wat rum.

De harr 'n Kandidaten to Hülp krägen. Mit den gung he is in'n Kroog. Dar gung't hoch her. De Ratsherrn weern bi de Politik togangen un bölken mit hochrode Köpp een gegen den anner an.

Paster Bäkermann avers snack mit sinen jungen Amtskollegen över spaßigen Kraam, de em in sin lange Deenstiet bemött weer. He weer dr jüüst bi, so'n lustig Geschicht van'n Dööp to vertellen, do wurd dat för'n Ogenslag still an'n Ratsherrndisch, un all Lü hören, wo de Paster fierlich sä:

„Wasser tut's freilich nicht."

Dat weer Water up Ratsherr Anton Meenen sin Möhl. Luuthals reep he:

„Nä, Herr Paster! Dar hefft Se recht! Dat Water mööt ok heet wäsen! Un denn höört dr vääl Rum un 'n bäten Zucker to!"

All Lü lachen. Man Paster Bäkermann, de lach ok. He dreih sik na de Ratsherrn rum un sä un sett elk Woort so recht sinnig un klaar:

„Herr Ratsherr, dat glööv ik geern, dat man Se mit so'n Mengels dofft hett!"

De Sprung

Hüürmann Jan Knutzen is mit'n Dode afgahn. De Troorfier in de Kark is vörbi. Nu staht all Lü up'n Karkhoff. Dat Sark is dallaten. De Paster roppt den Doden de leßten Wöör na.

Man wat is dat? De Paster markt, de Eer fangt an to sacken. Wat schall he maken? Noch'n bäten mehr, denn liggt he in de Kuhl. Do – up't Leßt! maakt he'n Sprung, kummt glücklich up de anner Siet to stahn und sett't noch dat „Amen!" achter sin Wöör.

Wääk of wat later mellt de Meinken-Buur den Dood van sin Tant Marie an. He besnackt allens mit'n Paster, wennehr un up weck Aart de gode, ole Tant de leßde Ehr andaan weern schall.

Toleßt meent Meinken-Buur:

„Un nu, Herr Paster, heff ik noch 'n Wunsch. Wenn wi denn nahst up'n Karkhoff an't Graff staht, denn maken Se vör dat Amen doch ok so'n Sprung över't Graff as annerleßt bi Jan Knutzen. Dat weer so'n recht moien, sinnigen Afgang!"

Twüschenhannel

In Dingsdorp sitt't s'abends Buurn in'n Kroog tohoop. De Paster is dr ok bi. Se snackt över de slechten Tieden.

„Weet't Ji, wo dat van kummt?" seggt de Lammersbuur toleßt. „Dat kummt van den Twüschenhannel. De draff nich mehr wäsen. Wat meent Se, Herr Paster?"

„Das ist auch meine Meinung!" seggt de geistliche Herr. „Und was meinen Sie dazu, Herr Bartels?" wennt sik de Paster an den Smitt.

De Smitt pliert sinen Fründ, den Lammersbuur, van'e Siet an un seggt denn heel fründlich to'n Paster:

„Ja, Herr Paster! Dat is min Meenen ok. Man denn mööt dat ok överall dörföhrt weern. Ok bi Se, Herr Paster. Un wenn dat so kummt, denn betreckt wi den Segen glieks van baben!"

Paster un Kädelflicker

In'n Dorp up'n Ammerland lääv in de ool Tiet 'n Kädelflicker, de van Huus to Huus gung un Pött un Pannen flicken dee. He weer'n groden, rugen Keerl, man he dee nümms wat Slechts. Sin Woort wuß he to maken, ok weer he alltiet an't Wieshöhnken.

Mal keem em de Paster in'e Mööt un sä to em:

„Guten Tag, Herr Schrader! Wie geht es Ihnen? Sagen Sie mal, wie kommt es, ich sah Sie noch nie in der Kirche?"

„Dat will ik Se seggen, Herr Paster", sä de Kädelflicker. „Der Anfang, das Ende, o Herr, sie sind dein; die Spanne dazwischen, das Leben, ist mein!"

Schräven Schrift

Een Buur broch den Paster all Jahr 'n Schinken. As he dr nu is wedder mit sin Geschenk kummt, seggt de Paster in sin groot Freud: „Ei! Welch einen delikaten Schinken bringt Ihr mir da, lieber Freund! Eine solche Freundlichkeit werde ich mir merken, verlaßt Euch darauf!"

Angstig seggt de Buur: „Nä, Herr Paster! So is dat nich meent! Wenn Se sik't marken willt, denn gäven Se mi den Schinken man leever wedder mit!"

„Aber warum denn, lieber Freund?"

„Ja, Herr Paster! Wat 'n schrifft, dat blifft. Wenn sockse freewilligen Geschenke anschräven weert, denn ward dr mit de Tiet 'n Gerechtigkeit van!"

„Aber, lieber Freund! So war's ja nicht gemeint! Nicht auf dem Papier, sondern in meinem Herzen wollte ich's anschreiben!"

„Dat is ganz eendoont (einerlei), Herr Paster! Se dröövt't ok nich in'n Harten anschrieven! Wat schräven steiht, steiht schräven! Kort un goot: Gäven Se mi minen Schinken wedder!"

Inschriften

Das Amtsgebäude einer Oldenburger Kleinstadt ist ein Renaissance-Gebäude. Besonders schön ist darin eine Tür. Einst führte sie in die Räume des Kirchenrats. Heute führt sie in Räume, die dem Publikum nicht geöffnet sind. So kommt es, daß die Tür zwei Inschriften trägt. In kunstvoller Schrift eingeschnitzt liest man den sinnigen Spruch:

„Wer ein- und ausgeht diese Tür,
der soll bedenken für und für,
daß unser Heiland Jesu Christ
die beste Tür zum Himmel ist."

Darunter steht auf einem mit Heftzwecken befestigten weißen Karton mit Blaustift geschrieben:

„Durchgang verboten!"

Trudel, das Pastorenkind

Das Pastorhaus in Ganderkesee war ein altes Bauernhaus. Seinem Alter gemäß erforderte es viele Reparaturen. Diese machten auf die gut fünfjährige Trudel, Pastors Jüngste, einen tiefen Eindruck. Als die älteren Schwestern zur Religionsstunde lernten, hörte Trudel eifrig zu und platzte endlich mit den Worten heraus:

„Das kann ich auch! Ich weiß schon, was das heißt: Ich glaube, daß mich Gott geschaffen hat samt allen Reparaturen!"

In Ganderkesee gab es für den zweiten Geistlichen noch ein weiteres Pastorhaus. Als Trudel es eines Tages betreten wollte, mußte sie es erleben, daß vor ihren erstaunten Augen ein Stromer aus der geöffneten Haustür herausflog und sich schleunigst aus dem Staube machte. „So!" sagte Trudel. „Nun weiß ich endlich, was da über der Tür steht!"

Und was stand da?

„Wir haben hier keine bleibende Statt, sondern die ewige suchen wir!"

Der Gitterkasten

In launiger Weise berichtet die „Neue Zeitung" in Vechta am 10. Mai 1878:

„Wenn der reiche Mann im Evangelium wegen des unerwarteten Erntesegens auf den Gedanken kam, seine Scheuern abzubrechen und größere zu bauen, so möchten wir dasselbe sagen von unserm Gitterkasten, der in letzter Zeit die vielen Aufgebote kaum fassen kann. In Löningen wurden nicht weniger als 18 Brautpaare auf einmal proklamiert, in Essen 10. Jedenfalls würden es noch viel mehr gewesen sein, wenn jener viel gesuchte Artikel, den man hierzulande „Stäbruut“ (Bauernstelle mit einer Tochter als Erbin) nennt, nicht so rar wäre. Soll doch eine solche Vielumworbene nicht weniger als 36 Verehrer zählen, infolgedessen die Kaffeemühle dort nur selten stillsteht.“

De schaneerliche Büx

August Lahmeyer weer up See duchtig dörrägent. Sin Büx harr he to Huus glieks uttagen un achter'n Huus an'e Lien hungen. De Bleek, de leeg jüüst gegen den Paster sin Huus.

As August den annern Morgen in'n Gaarn stund to graben, keem de Paster, snack eerst över dit un dat un keem dr denn mit rut, sin Dochter, de arger sik, dat August sin Büx dar an'e Lien hung. He mug em doch den Gefallen doon un se dar wegnehmen.

August weer vergrellt. De ool Zippel van Deern, wat de blot alltiet harr. Man he nehm de Büx mit in't Huus.

As he 'n Ogenblick in'n Huse weer, pingel een an'e Döör. De Scherenslieper weer't. August geev em sin Raseermeß to'n Scharpmaken. Denn froog he, of de Scherenslieper al bi'n Paster wäsen weer. De Scherenslieper sä: „Nä, dar will 'k nu glieks hen.“

Do truck August den Scherenslieper an sik ran un tuschel em to:

„Wenn du in'e Pasteree wat beschicken wullt, denn will ik di 'n goden Raat gäven! Treck eerst din Büx ut, ehder du dar ringeihst. Den Paster sin Dochter, de kann kin Büxen sehn!“

De Muhl-Süük

In der Mitte des vorigen Jahrhunderts gab es für den Pastoren in den Kirchdörfern noch keinen Besoldungs- und Pensions-Etat. Er bezog die Einkünfte aus dem Grundbesitz, mit welchem die Kirche dotiert war, und die Naturalien, die in Gestalt von Roggen, Hühnern, Schinken usw. von den Landstellen jährlich an die Kirche abzuführen waren.

Der Pastor, der wegen Alters in den Ruhestand treten mußte, erhielt keine Pension, sondern mußte bis zu seinem Tode von dem Nachfolger in der Pfarrstelle nach bestimmten Grundsätzen bzw. Übereinkommen mit allem zum Lebensunterhalt Nötigen versehen werden. Das war dann natürlich für den Nachfolger eine Last, ja, eine Seuche oder „Süük“.

In Jade war der alte Pastor Muhle in Ruhe getreten und der junge joviale Pastor S. sein Nachfolger geworden.

Nach längeren Jahren trifft dieser mit einem befreundeten Amtsbruder zusammen. Der begrüßt ihn erfreut mit den Worten:

„Na, wo geiht't denn, ool Fründ?“

„Ja!“ erwidert dieser. „Wo schall mi dat gahn? So wiet ganz goot, blot leider lie ik noch ümmer an de Muhl-Süük!“

Richters

Piep Becker

Oberlandesgerichtspräsident Hermann Heinrich Becker (1816–1898) war ein genialer Jurist. Er wirkte mit bei der Aufstellung der Oldenburgischen Civilprozeßordnung von 1857 und wurde auch in die Reichsjustizkommission berufen, die die Reichs-Civilprozeßordnung von 1877 ausarbeitete.

Er war ein einfacher Mensch. Auf demselben Tisch, auf dem sein Essen stand, lag das Verteidigungsprotokoll eines Juristen, das Frackhemd und die Ordensschnalle für die Audienz bei Hofe. Klein von Statur, machte er in der zerschlissenen Hofuniform eine komische Figur. Mit Vorliebe rauchte er lange Pfeife, weshalb er „Piep-Becker" genannt wurde.

Besetzt!

Er war ein eingefleischter Junggeselle. Seinen weiblichen Verwandten spielte er einen Streich, als sie ihn besuchten und ein gewisses Häuschen aufsuchen wollten. Er hatte einen Papagei abrichten lassen zu rufen: „Besetzt!" und versteckte ihn im Gebüsch.

Appel?

Er sprach gern Platt.

„Kannst'e wat?" fragte er einen angehenden Juristen in der Klausur. Einen anderen Examenskandidaten nahm er mit in den Garten und fragte ihn: „Wullt du 'n Appel äten?"

Gutes Deutsch

Aber er hielt auf ein gutes Deutsch. Einen Kandidaten ließ er durchfallen mit der Begründung: „Juristerei mögen Sie wohl wissen, aber Deutsch können Sie nicht!“

Der Fachmann

Piep-Becker war ein außerordentlich geschickter und lebendiger Verhandlungsleiter. Wurde eine Strafsache verhandelt, in der es sich um ein Vergehen gegen die Sittlichkeit handelte, dann pflegte er zu seinem Beisitzer, der in dem Ruf eines Lebemanns stand, zu sagen:

„K., dat mööt't Se wäten!“

Mit 80 Jahren wurde Becker unter Verleihung des Titels Exzellenz in den Ruhestand versetzt. Sein Gehalt holte er ein ganzes Jahr nicht ab. Da machte man schließlich eine Ausnahme und brachte ihm das Gehalt ins Haus. Ein Bankkonto führten damals die Beamten noch nicht.

Franz Xaver Driver

Franz Xaver Driver (1826–1886) stammte aus Cloppenburg. Von 1861 bis zu seinem Tode war er Oberamtsrichter in Jever. Er dachte und sprach meist plattdeutsch.

Der Eid

Hatte er die Zeugen auf Hoch über die Bedeutung des Eides belehrt, dann fügte er auf Platt hinzu:

„So, nu will ik Jo noch wat seggen. So'n Keerl, de'n Meeneid deit, dat is'n Schojer. He is nich wert, dat em de Sünn beschient. Wo he hentrett, dar waßt kin Graß mehr. He kann nümms free ankieken, he kickt ümmer van unnen up as'n Höhnerdeef. s'nachts wöhlt he unruhig up sin Lager rum. Dat Gewäten plaagt em. An Slaap is ganz un gar nich to denken."

Die gleichen Vornamen

Bei den Vorbereitungen zur Anlegung des Grundbuches mußten die Eigentümer und ihre Vorbesitzer festgestellt werden. Dabei kam es im Jeverland oft vor, daß die Vorbesitzer gleiche Vornamen hatten. An einem Morgen hatte Driver den dritten Harms aus S. vernommen. Das Ergebnis war: Jetziger Besitzer Johann Diedrich Harms seit 1880. Davor Johann Friedrich Harms von 1850 an. Davor Johann Diedrich Harms von 1820 an.

Da wurde es Driver zu viel. Er sagte:

„Johann Diedrich! Johann Friedrich! – Nu höörn Se mal, Se sünd noch 'n jungen Mann. Wenn Se sik verheirat't, denn gäven Se Ärn Jung doch 'n annern Namen, mintwegen Nikolaus oder Peter!"

„Dar kammt Se to laat, Herr Oberamtsrichter! Ik sün al verheirat't un heff al 'n Jung, de Johann Friedrich heet."

„Na, denn in Gotts Namen!" meinte da Driver. „Denn sorgen Se dr vör, dat Är Enkel ok Johann Diedrich heet!"

He hollt Woort

Eilert Janssen Addicks aus Bant, ein großer Skandalmacher auf Tanzmusiken, stand unter Anklage wegen Diebstahls einer Weste, die er beim Nächtigen in einer Scheune angezogen hatte.

Driver rief ihm zu:

„Addicks, Se schullen us nu doch bold in Ruh laten!"

Addicks antwortete:

„Dit Mal mööt ik seggen, Herr Oberamtsrichter, Se schullen mi in Ruh laten! Ik weet woll, ik bün 'n slimmen Skandalmaker. Man stahlen heff ik noch sindaag nix. De oll West heff ik blot in'n Düüstern un ganz ut Versehn antrucken."

Dabei fing er wie ein kleines Kind an zu weinen.

Das Schöffengericht sprach ihn frei, da es sich nicht hatte überzeugen können, daß Addicks die Weste an sich genommen habe, um sich einen Vermögensvorteil zu verschaffen.

Driver fügte hinzu:

„So, Addicks! Dat nehmt Se sik to Harten! Ik denk, nu kriegt wi Se hier so bold nich wedder vör Gericht to sehn!"

Addicks antwortete:

„Nä, Herr Oberamtsrichter! Se kriegt mi gar nich wedder to sehn! Ik will mi bätern. – Addicks hollt sin Woort!"

Und er hielt Wort. Er brauchte nie wieder vor Gericht zu erscheinen.

Der Degen

Als Driver zum Ordensfest befohlen war, hatte er seinen Degen verkehrt umgebunden. Der Großherzog sagte zu ihm:

„Herr Oberamtsrichter! Se hefft den Degen verkehrt!"

Driver antwortete:

„Königliche Hoheit! Min Nichte hett seggt, dat weer so recht!"

Darauf schmunzelte der Großherzog, gab Driver für seine Nichte Pralinen und sagte:

„Seggen Se Är Nichte, dat nächste Mal muß dat anners wäsen!"

Drastische Belehrung

Ein Amtsrichter pflegte am Schluß schwieriger Fälle auf die Berufungsmöglichkeit zu kommen, indem er sagte:

„Wenn Jo nu dat Fell jöökt, denn gaht an't Oberlandesgericht un sackt Jo dar 'n Eers vull Lüüs mehr up!"

Un dann fügte er hinzu:

„Schreiber, schreiben Sie: Die Angeklagten sind über die Möglichkeit der Berufung belehrt!"

Kant un klaar

Amtmann Kunstenbach in Rastede weer 'n Keerl, de mit de Lü klaar weern kunn. Un wat he sä, dat harr Hand un Foot.

Mal brochen twee Frolü bi em 'n Striet vör. De een harr de anner van „Botterhex" schimpt. De anner weer avers ok nich bang wäsen un harr de eerst Fro van „Dunnerslag" nöömt.

Amtmann Kunstenbach sin Urdeel weer:

„Dunnerslag van Botterhex aftrucken – kost't twee Daler un veerunfoftig Groot!"

Sager Eier

Dr. Ludwig Oldenburg (* 25. 4. 1844 in Wildeshausen, † 11. 3. 1909 in Berlin) erzählt in seinem Buch „Nu man to, Jan":

Eines Tages durfte ich meinen Vater in das Dorf Sage begleiten. In dem Wolterschen Gasthause trafen wir eine große Gesellschaft. Um den Herd herum saß ein Dutzend Bauern. Der rote Gießelmann war da, den Bauern in ihren ewigen Rechtsstreitigkeiten zu dienen.

Der Rote, wie Herr Gießelmann kurzweg genannt wurde, war „Ferkelstecher", d. h. Rechtskonsultant. Er galt bei den Bauern als ein großes Licht. Gern hätte er gesehen, wenn die Kundschaft ihn „Doktor" genannt hätte. Aber er ist der „Rote" geblieben.

Die Tür zum Herrenstübchen öffnet sich. Herr Gießelmann tritt heraus. Er muß in den Geschäften gut abgeschnitten haben. Sein Gesicht strahlt. Nun streicht er sich über den hagern Leib und wendet sich an die Wirtsfrau:

„Annmarie, ein Dutzend Eier mit Schinken. Du weißt ja, ein Dutzend ist just mein Maß."

Herr Gießelmann ist wieder hinter der Tür zum Herrenstübchen verschwunden. Sein Ruf duldet es nicht, daß er, ein halber Doktor, mit den Bauern am Herde sitzt. Da lacht Bauer Warns laut auf und meint: „Annmarie, ich glaube, der Rote frißt zwei Dutzend."

Annmarie schaut überrascht auf, dann fragt sie: „Das glaube ich auch. Aber wer bezahlt das zweite Dutzend?"

„Ich!"

Annmarie dreht den Kesselhaken zur Seite und stülpt den Dreifuß über das Feuer. Dann arbeitet das Messer am Schinken. Ein Duft steigt vom Herde auf. Die zwei Dutzend Eier werden in die Pfanne geschlagen. Das Gericht ist fertig. Annmarie trägt es in die Stube.

Eine Viertelstunde vergeht. Da tritt Herr Gießelmann abermals hervor. Sein Gesicht ist wie verklärt. Leutselig spricht er: „Vortrefflich geschmeckt. Ich sagt's ja, Kinder, ein Dutzend Eier ist just mein Maß." Einen Augenblick ist es noch still. Dann platzt Bauer Warns los: „Nun hat der Rote zwei Dutzend gefressen und hat es nicht einmal gemerkt!" Herr Gießelmann richtet sich straff empor. Sollten die Bauern gewagt haben, ihn zu narren? Doch mit einem Blick auf die schadenfrohen Gesichter erkennt er, daß es so war, wirklich so war. Mit langen Schritten eilt er zur Tür hinaus. Das Gelächter der Bauern aber kann er noch hören, als er mit seinem Wägelchen davonfährt.

Noch lange nachher wird er oft mit scheinheiliger Teilnahme gefragt, wie ihm die Sager Eier bekommen seien.

Seelü

He kennt dat

De Smutje van den Damper „Ajax“ is krank un liggt in sin Koje. Do schickt de Kaptein den Matrosen Hein Lammers runner, he schall is na den Kranken kieken. As he wedder rupkummt, fraagt em de Kaptein:

„Na, Hein! Wo is't? Steiht't slimm mit em?“

„Ja, ja, bannig slimm, Herr Kaptein!“

„Woso? Weeßt du denn, wat em fehlen deit?“

„Säker doch! Ik weet nich, wo de Krankheit heet. Man ik weet, wer de kriggt, de geiht mit'n Dode af oder he ward plemplem, ja, plemplem, tüdelig!“

„So? Wo weeßt du dat denn van?“

„Dat weet ik ganz säker! – Ik heff de Krankheit doch sülven al tweemal hadd!“

De Nääs

An'n Butjenter Diek wahn de ool Eilt Geerds. He harr Jahren lang mit sinen olen mören Kahn Werser, Jaa un Elv dörplöögt, harr avers nix up'e Kant brocht. Dat mehrste Geld gung för Sluck weg.

Mal keem he bi swaren Storm mit 'n Ladung Zement van de Elv. Dat ganze Schipp gnäter un bäver, wenn de hogen Seen över Deck broken un allens, wat nich fast weer, harrn de graven Bräkers mitnahmen. Se weern bet na'n Hogen Sand kamen, do drück 'n hoge See dat ool Fahrtüüg up'e Siet. De Mast knack un gung mit dat Grootseil över Boord.

Do kreeg de ool Geerds dat doch mit'e Angst. He sloog de Hannen tohoop un dee so, as wull he bä'n, man he keem dr nich ganz to. He keek sinen Jungen an, de dar stund, as wull he jeden Ogenblick loslachen. Do reep he: „Minsch, Jung, wo kannst du nu blot lachen? Du schußt dr man leever an denken, dat't bold mit us vörbi wäsen kann!"

Do sä de Jung, un lach dr so recht dickdräävsch bi:

„Ik kann't Lachen ja nich laten! Ik mööt dr ümmer an denken, wo dat woll zirrsen deit, wenn din gleuhnig Nääs glieks in't Water kummt!"

Fertig!

In Harle liggt de Damper na Wangeroog. Ool Hinnerk hett de Brügg inhaalt un will jüüst den Kaptein toropen, dat allens klaar is. Do loppt so'n wiesnäsen Keerl em den Wind af un roppt:

„Fertig!"

Ool Hinnerk dreiht sik um, kickt den Keerl füünsch an un seggt:

„Well seggt hier ‚fäddig'? – Kineen seggt hier ‚fäddig' – Wenn hier een is, de ‚fäddig' seggt, denn segg ik ‚fäddig'. – – Fäddig!"

Gelegenheit

Al as Fro Quengeler in Kleensiel up de Fähr steeg, wies sik, se weer 'n olen Quarkbüdel. Un de ganze Fahrt över de Werser quark un nörgel un mecker se in eensen weg. Är Mann sä dr nix to. Man in den Fährmann Frärk Lüdeking keem dat hoch. Dat harr sin Fro wäsen schullt!

Bi't Utstiegen vertakel sik Fro Quengeler, noch ümmer bi't Skandalen, in är eegen Beenen un plumps in'e Werser.

Lüdeking stund sinnig up, nehm 'n Bootshaken un fisch dat Froonsminsch up, duuk 't noch is deep dal un lä dat Bundselwark Jammer denn to de Fööt van ärn Mann dal.

„To, Herr Quengeler!" sä he. „Nu versahlen Se är mal so richtig den Achterstäven! So'n Gelegenheit kummt so gau nich wedder!"

Charakterkopp

„Du, segg mal“, seggt Hein to Fietje, „weeßt du, wat 'n Charakterkopp is?“

„Charakterkopp? – Charakterkopp? – Nä, dat kann'k di ok nich seggen. – Man woto wullt dat wäten?“

„Ja, kiek is: Vannamiddag, as ik hier an'n Stau stah, kaamt dar twee Frömde vörbi, feine Herrens, un de een wiest up mi un seggt to den annern: „Sieh doch mal den Charakterkopf da!“

„Un dat hest di gefallen laten?“

„Büst woll mall, Keerl! Nä, to 'r Vörsicht heff ik em eerst mal eenen an'e Snuut gäven!“

De Waterstand

Up'n Sieldorp steiht an een Huus goot mannshoch een Strääk, un darbi is to lesen: „Wasserstand am 9. März 1911“.

Frömde bekiekt sik dat.

„Jungedi!“ seggt een to'n Fischersmann, de darbi steiht. „Dat weer ja gräsig! So hoch stund dat Water domals?“

„Nä!“ seggt de Fischersmann. „So hoch is't nich kamen. De Strääk weer eerst vääl wieder unnen. Man de verdeuvelten Jungs, de kratzen den Strääk jümmers af. Do hefft se'n so hoch anmaalt, dat dr de Fläätangels nich mehr anlangen köönt.“

Gute Fracht

Um 1850 bestand ein schwunghafter Handel zwischen London und Varel. Die englischen Schiffe „The Queen“ und „The Secret“ pflegten regelmäßig über hundert fette Ochsen in Varel einzuladen, die dann nach einer Seereise von 30 bis 36 Stunden in London eintrafen. Auch Personen konnten die Reise mitmachen.

Einmal begleitete der dicke Schlachter Theilen vom Neumarkt – wegen seines massigen Kopfes „Luther" genannt – die Mastochsen nach der Insel.

Als seine kompakte Erscheinung sich am Ziel aus der Kajüte herausquälte, wurde er von den das Frachtgut erwartenden englischen Händlern mit fröhlichem Beifall begrüßt, und in Erwartung einer fetten Ladung meinte einer unter ihnen:

„Die Fracht scheint ja gut zu sein!"

He hett recht!

Up den olen Füürtoorn van Wangeroog lööst sik de beiden Lü jüüst af, do höört se, dar kummt wat de Trepp rupsnuven. Jungedi! Wat geiht de Fro to Kehr! Af un to piepst dar ok 'n Mannsminschenstimm twüschen, man de hett dr kin Ajeß bi. Dat Froonsminsch hett dat Regeer.

Nu is dat Minsch baben, verpuust sik 'n Sett un seggt denn, bannig kortaf:

„Eduard! Wieviel Stufen hast du gezählt?"

„145!"

„Falsch! Wieder falsch! 146!" snau de Olsch. Denn keek se na den Toornmann August röver un reep:

„He! Sie da! Wieviel Stufen hat die Turmtreppe?"

Bi dat „He!" un „Sie da!" leep August so'n bäten wat rool an, man denn sä he sinnig:

„Dat sünd eenhunnertfiefunveertig, Madam!"

As de beiden wedder runnerklabastert weern, froog Emil sinen Kumpel August:

„August, nu segg is! Wat schull dat? Du weeßt doch, dat sünd hunnertseßunveertig Trä! Warum hest du dat anners seggt?"

„Tscha!" seggt Kassen un speet so recht vör Pläseer ut. „De Madam, de kunn ik nich utstahn! Darum heff ik den Keerl recht gäven!"

Spraak

Över Plattdüütsch geiht dr nix

Der bei älteren Oldenburgern unvergessene Kürschnermeister Karl Willers drückte sich schon in jungen Jahren immer nur höchst gewählt aus.

Es war noch vor 1870, da besuchte er als zünftiger Handwerksbursche seinen in Jena studierenden Schulfreund Erich Mosen, den Sohn des Dichters Julius Mosen.

Als der ihm das Musterstädtchen zeigte, dessen Straßenrinnen voll Schmutz waren, sagte er:

„O Erich! Welche Düfte entsteigen diesen Pfützen!"

Da antwortete ihm der fröhliche Student:

„Minsch, Karl! Segg doch leever: Wat stinkt dat hier!"

Die schwere Sprache

Der alte Lehrer W. vom Oldenburger Seminar ärgerte sich oft darüber, daß seine Seminaristen, die meist vom Lande kamen und plattdeutsch sprachen, das „a" dunkel aussprachen als „ao".

Daß er aber selbst auch nicht immer gegen die Tücken der schweren deutschen Sprache gefeit war, offenbarte sich bei der Mahnung, die ihm im Ärger einmal entfuhr:

„Jungens!" rief er aus. „Ihr müßt nicht immer ‚ao' sagen! Ihr müßt ‚a' saogen!"

De gröötste Melkgüüt

Anna un Gerd, de beiden lütten Kinner van'n Brüntjenbuur, snacken up'n Weg van de School na Huus van dat, wat se in'e School höört harrn. Gerd wull dat nich recht in'n Kopp, dat us Herrgott de gröötste Melkgüüt harr. Anna avers meen, wenn Gott de Gröötste un Mächtigste weer, denn muß he ok de gröötste Melkgüüt hebben. Gerd avers bleev dr bi: Nä, sä he. He kunn sik nich denken, dat Gott so'n Dings harr. Wenn se dar in'n Himmel Melk drinken wullen, denn mussen se dar ok ja Keuh hebben. Man dar harr he noch nix van höört.

As se in'n Huse ankeemen, frogen se är Moder. De kunn dr avers ok nich glieks achterkamen. Se froog: „Hett jo Frollein dat denn seggt?" – „Nä, dat hefft de Groden sungen!" Un nu keem't rut. De Groden harrn sungen: „Wie groß ist des Allmächt'gen Güte!"

Der Flickschuster

Vor ein paar Jahren ruft einmal Studio Oldenburg bei mir an. Der NDR hat angefragt, ob ich eine schwierige Sprachfrage lösen könne: Dr. Alma Rogges Plattdeutsch macht ihnen Schwierigkeiten. Frage: „Was bedeutet das Wort: Veerkantschoster? Ist mit „Veerkant" ein „Vierkant" gemeint, also ein „Rester", ein viereckiges Lederstück, das der Schuster unter die Schuhsohle nagelt? Kann man also „Veerkantschoster" übersetzen mit „Flickschoster"?

Ja, ja! Unser Plattdeutsch ist schwer! Wer kann alle Ausdrücke kennen? In unserm Oldenburger Land bedeutet „Vergant" – so heißt das strittige Wort – so viel wie „Auktion".

Die Herren vom NDR hatten erfahren, daß Alma Rogges „Vergantschoster" aufgeführt werden sollte. Dabei hatten sie aus dem „Auktionsschuster" einen „Flickschuster" machen wollen.

Die Festrede

Jevers Bürgermeister Dr. Müller-Jürgens hat es sich nicht nehmen lassen, nach einem großen Klootschießer-Wettkampf zwischen Jever und Wittmund eine längere Festrede zu halten. Er hat sogar plattdeutsch gesprochen. Und dabei hat seine Wiege im grünen Herzen Deutschlands gestanden.

Die Zuhörer zollen diesen Bemühungen ihres Bürgermeisters hohe Anerkennung. Müller-Jürgens lächelt höflich bei solchen Worten. Er will aber doch gern den Sachverhalt erfahren und wendet sich deshalb am Abend an seinen Tischnachbarn, den Bauern Oltmann Tiarks aus Waddewarden, mit der Frage, ob die Rede wirklich verständlich gewesen sei.

Tiarks streicht seinen Spitzbart, überlegt einen Augenblick und sagt dann bedächtig:

„Ik will Se wat seggen, Herr Borgermeister! Se hefft snackt – ganz in Groot! Dat weer ja männigmal nich recht plattdüütsch, man enkelde engelsch Wöör weern dar ja twüschen, de hefft wi goot verstahn!

Wat's dat for Bree?

Helene Lange (1848–1930), die bekannte Vorkämpferin der modernen Frauenbewegung, schreibt in ihren „Lebenserinnerungen“:

Die Generation meiner Tante sprach nur hochdeutsch; in den fünfziger Jahren wurde schon in allen Bürgerfamilien von den Eltern unter sich und mit den Kindern nur dieses gesprochen.

Die ältere Generation dagegen hielt noch an dem vertrauten Platt fest, das vielfach auch noch mit den Dienstboten gesprochen wurde. Jedenfalls hörte man es dauernd auf der Straße und in den Läden, und wenn wir Kinder mit unserm Dorf oder Markt spielten, wäre es als stillos empfunden worden, unsere Bauern nicht platt sprechen zu lassen.

Höchst erstaunt aber waren wir, als eines Tages bei Großvater ein kleiner Verwandter vom Lande zu Tisch war, der kein Wort hochdeutsch sprach. Das heißt, während des Essens sprach er überhaupt nicht, sondern widmete sich mit völliger Hingabe der Forderung der Stunde. Als aber der Nachtisch, ein „Creme", aufgetragen wurde, stand er plötzlich auf, brachte den Zeigefinger in ganz gefährliche Nachbarschaft des verführerischen Gerichts und tat den – nachher zum geflügelten Wort erhobenen – Ausspruch:

„Wat's dat for Bree? Dar will'k vääl van hebben!"

Tran

Ein Bremer Kaufmann hatte von Horumersiel aus an einer Seehundsjagd teilgenommen und tags darauf gesehen, daß diese Beute, am Strand richtig ausgebraten, sehr viel Tran lieferte.

Er bat den alten Tiarks, ihm doch ein Faß Tran nach Bremen zu schicken. Es werde gut bezahlt werden.

Da der Tran damals als Stiefelschmiere sehr begehrt war, kauften die Bauern ihn aber für ihre schweren Ackerstiefel. So war es dem braven Wirt „Zur schönen Aussicht" nicht möglich, den Wunsch seines Gastes zu erfüllen.

Er schrieb ihm deshalb eine Postkarte mit folgenden Worten:

„Der Tran, den ich für Sie im Auge hatte, ist mir leider aus der Nase gegangen."

Dachpappen

Dat südollnborger Platt is anners as dat nordollnborger. Dat bün ik kortens noch wieswurrn.

Kaam ik dar in'n Dorp bi Cloppenborg mit'n Jung an't Snacken. Na'n Sett kickt de Jung mi wat duursam an un meent:

„Unkel, ik glööv, du versteihst nich vääl van Platt, wat?"

Ik bün reinweg bestött un segg:

„Jung, wo kummst du up so wat? Säker verstah ik wat van Platt! Ik kaam avers van 'n Dorp noordkant de Stadt Ollnborg. Dar is dat Platt wat anners as bi jo!"

De Jung avers blifft bi sin Meenen un seggt: „Tscha, Unkel! Denn segg mi is: Wo heet ‚Dachpappen' up Hochdüütsch?"

Ik bün so'n Fraag wahrraftig nich vermoden, denk'n Ogenslag na un segg denn: „Dachpappen? – Jung, du wullt mi woll up de Schüpp nehmen! Dachpappen, dat heet up Hoch ok Dachpappen!"

Do fangt de Jung luuthals an to lachen un roppt:

„Süh, Unkel! Dar hefft wi't! – Du kannst kin richtig Platt! – Dag, Pappen, dat heet up Hochdüütsch: Guten Tag, Vater!"

Ökelnamens

Bi us is dat so: de Lü up'n Lannen gäävt är Navers geern Ökelnamens. Dar gifft dat 'n „Pannen-Heini", 'n „Kanonen-Anna", 'n „Beernd-Böhner", 'n „Pingel-Anton" un so fudder.

Kummt dar mal de lüttje Hüürmann Dierk Wessels na de Stadt un dreppt sinen olen Schoolfründ Gustav Meentzen. He foors up em to:

„Nu kiek is an! Gustav Meentzen, büst du dat? Wo geiht't di denn? Heff di ja al so lang nich mehr sehn!

Gustav Meentzen paßt dat gar nich. He hett dat in'e Stadt to wat brocht. He hett studeert un is nu „Inspektor". Up dissen Titel hollt he wat.

He rischt sik darum up un seggt, so recht scharp:

„Herr Inspektor Meentzen, bitte!"

Do kickt Hüürmann Dierk Wessels em mit'n Smuustergrien an un meent, so ganz dröög:

„Nä ok doch! Wat dat nich allens gifft! Hefft se di hier in'e Stadt ok 'n Ökelnamen gäven? Mi nöömt se ja ok alltiet noch van ‚Wuddel-Dierk'!"

So wat schrifft man doch nich!

Ik weer is mit'n Fischermann van Greetsiel rut up Granatfang. As nu dat Grundnett hochhievt wurd un de Steert al över Boord hung, seeg de Fischermann, he harr Mallöör hadd.

„Schiet ok!" reep he. „De heel Buul is köört!"

„Wat seggt Ji dar?" froog ik. Ik kenn dat Woort „Buul" (Budel = Sache) nich. Un dat wull ik geern wies weern.

„De heel Buul is köört!" sä de Fischermann noch mal.

„Buul?" froog ik. „Wo schrifft man dat?"

De Fischermann keek mi an, as wenn he seggen wull: „Schull dat woll richtig wäsen unner din Mütz?" He dach an sin twei Nett. Dar weer 'n Balken rinkamen un harr em dat upräten. Ik dach an dat Woort, wat ik nich kennen dee. Dat weer 'n twee Welten!

Dat wahr (dauerte) lang, bet de Fischermann mit sin Meenen räken vör'n Dag keem.

„Minsch!" sä he verdraten. So wat s c h r i f t man doch nich! Dat s e g g t man doch blot!"

Watse Meenen

In de ool Tiet weer dat so mit de Namens: Wenn dar een Jan Dirks heeten dee, denn kreeg sin Söhn den Namen Dirk Jans. Vörnamen un Familjennamen wurrn also umwesselt.

In't Norden van't Jeverland, dar harrn se'n nee'n Paster krägen. De stamm nich ut'n Jeverlann un kenn darum ok de jeverschen Namen nich un wat dr dat mit up sik harr.

Nu weer dar in'n Buurnhuus wat Lüttjes upstahn. 'n lüttjen Jung weer't, un de erst, de dar ankamen weer. De muß nu ja to Dööp anmellt weern.

Wo de Jung heeten schull, froog de Pastor.

„Watse Meenen, Herr Paster!"

„Ik meen, wo de Jung heeten schall."

„Watse Meenen, Herr Paster!"

Do dach de Paster, he muß den Buurn woll mit Hochdüütsch kamen: „Ich meine, wie der Kleine heißen soll."

„Ja, sehn Se, Herr Paster, dat is so: Ik heet Meene Watsen, un denn mööt de Jung heeten: Watse Meenen."

Fremdwöör

Dat gifft Lü, de meent, dat lett moi, wenn se är Snacken so'n bäten mit Fremdwöör uppluustert. Man dar drievt se denn faken mit to Stick.

De Höhner un de Eier

Lüschens Becka, so'n lütt Hüürmannsfro, weer 'n düchtig Minsch. Se verwahr ärn Huusholgen best, harr är Göörn goot in Tüüg un rejell in Tucht. Se snack ok Platt mit är Naverslü. Man wenn is Lü ut de Stadt keemen, denn snack se Hoch un mengeleer dr, wenn't jichtens gung, ok noch so'n frömden Flicken mit hennin.

In de Tiet, as de Eier recht knapp weern, keem is'n vörnehme Stadtsfro bi är in't Huus. De wull Eier kopen, man us Lüschens Becka, de harr wahrraftig kineen. Nu wull se de Stadtsfro dat so recht moi verposemantuckeln. Darum sä se:

„Tscha, Frau Meinrenken! Mit die Hühners, das besacht sich so: Mit die ‚Legalität' ist das aufstunds vorboi. Die Teufelskroten, die haben das jetzt mit die ‚Brutalität' zu tun!"

Identisch

Kriggt dar is de Borgermeister van Langlüütjenmoor 'n Anfraag van'n Grootstadt. Dar fraagt de an, of de Friedrich Langner, de dar in de Grootstadt wahnen dee, woll „identisch" wäsen kunn mit den Huussöhn Fritz Langner ut Langlüütjendamm.

De Borgermeister wuß nich recht, wat dat mit dat Woort „identisch“ up sik harr. Man – draff 'n Borgermeister dat togäven? Häi wat!

Darum sett't he sik an'n Disch, stippt den Posenstääl in't Blackfatt un schrifft an de grode Stadt:

„Der Haussohn Fritz Langner ist ein übel beleumdeter Mensch. Es ist ihm zuzutrauen, daß er auch identisch ist.“

Praeter – Propter

In der Zeit nach dem ersten Weltkrieg, als bei den Städtern Schmalhans Küchenmeister war, ging ein Professor einmal mit seiner Aktentasche über Land. Er wollte hamstern.

Er trifft es gut. Eine Bäuerin ist gerade dabei, die Hühner zu füttern. Der Professor gesellt sich zu ihr. Aber was soll er sagen? Na ja, einfach leutselig das Gespräch beginnen. Er fragt also:

„Beste Frau! Sie haben da ja wunderbare Hühner! Wieviel sind das wohl, so praeter – propter?“

Er merkt gar nicht, daß die Bauersfrau ja kein Latein versteht und daß er statt „praeter – propter“ hätte sagen müssen „so ungefähr“.

Die Frau aber legt das Latein in ihrem Sinne aus und sagt:

„Ja, so ganz genau weiß ich das auch nicht. Ich glaube aber, es sind zwanzig Präters und ein Propter!“

Stadtslü

Der Freischoppen

Der Oberstallmeister Rumpf begleitete einst Großherzog Nikolaus Friedrich August (1853–1900) auf einem Spaziergang durch den Schloßgarten. Der Landesvater fragte seinen Begleiter, wie er seine Abende verbringe. Da erzählte Rumpf von den fidelen Abenden im Klub bei Haake und daß dort der Humpen kräftig geschwungen würde.

„Wieviel trinken Sie denn so am Abend?" fragte der Großherzog.

„Ich trinke gewöhnlich zwei Freischoppen, Königliche Hoheit."

„Freischoppen? Was heißt das? Schenkt der Wirt das Bier denn umsonst aus?"

„Nein!" erwiderte der Oberstallmeister. „Jeder zehnte Schoppen, den man trinkt, ist frei."

Nur zur Ansicht!

Der Buchhändler Hintzen in Oldenburg schickte dem Bauunternehmer Brandes immer Bücher zur Ansicht, die dieser gar nicht wünschte.

Brandes beklagte sich darüber bei Hintzen. Der sagte: „Die Bücher sind ja nur zur Ansicht!

Als Hintzen mit dem Schicken nicht aufhörte, ließ Brandes durch seine Arbeiter einen großen, langen Balken in die Buchhandlung, deren Laden nur klein war, hineinlegen.

Die Arbeiter sagten:

„Nur zur Ansicht!" und gingen fort.

Der schlechte Müller

Die Brüder Franz und Georg Müller lebten gewöhnlich im denkbar besten Einvernehmen. Als dieses einmal gestört war und sie die Sonne über ihrem Zorn untergehen ließen, ärgerte jeder sich über den „Ollnborger Dieskopp“ des andern.

Franz wollte seinen Ärger bei Wilhelm Thalen in der „Bavaria“ wegspülen. Fast gleichzeitig mit ihm trat der neue Theaterdirektor ein, und der Wirt stellte die beiden einander vor.

Der lebhafte Devrient sagte:

„Ah! Sehr erfreut! Da sind Sie gewiß jener berühmte Müller, von dem gesungen wird: Das muß ein schlechter Müller sein, dem niemals fiel das Wandern ein!“

Franz Müller erwiderte:

„Nä, nä! Dat is min Broder Georg in'e Staustraat!“

Ochsenzunge in Burgunder

Als der weit über Oldenburg hinaus bekannte Hotelier des „Erbgroßherzog“, Anton Meyn, noch den „Residenzkeller“ in der Heiligengeiststraße bewirtschaftete und jeden Abend ein volles Haus hatte, zählte zu seinen besten Gästen der reiche Bauer G. Eines Abends fragte G. wie üblich: „Anton, wat hest du Goots vannabend?“ – „Ossentung in Burgunder“, war die Antwort. G. bestellte eine Portion und bekam ein großes Glas Rotwein vorgesetzt. Nach einer Weile zeigte G. auf sein Glas und rief: „Anton, wor blifft de Ossentung?“ – Anton Meyn erwiderte schmunzelnd: „Stääk din Tung dar man rin, denn hest du Ossentung in Burgunder!“

Scherzfrage

Über Anton Meyn ging damals folgende Scherzfrage in Oldenburg um: Was ist der Unterschied zwischen Anton

Meyns Gästen und Anton Meyns Frau?"

Die Antwort lautete:

„Die Gäste sagen: Anton Meyn. Seine Frau sagt: Mein Anton."

Vörsichtig

Timmermann Kramer is'n Handwarksmeister van den olen, echten Slag. Man wat sin Söhn is, de dat Geschäft mal arven schall, de is mehr för't Gelehrte un nimmt jeden Ogenblick wahr, in de Böker to kieken.

Vadder Kramer, de gegen sinen eenzigsten Söhn vääl to week is, kann em dat Smökern in de Arbeitstiet nich afwähnen. As he avers mal wedder den Jungen bi't Lesen drapen deit un dat jüüst in de drocke Tiet, gifft he sik doch 'n Stoot un roppt argerlich:

„August, min Jung! Ik will ja nich seggen, dat du alltiet wat doon schaßt. Man laat di doch nich jümmers sehn, wenn du nix deist!"

Ik will 'n Düvel doon

In Vechta weer is'n Kröger, de wull sinen Schosteen geern gründlich fäägt hebben. As nu de Schosteenfeger keem, sä de Kröger to em:

„Wenn ik di dar baben rutkieken seh, kriggst du'n Buddel Wien!"

Dat truck. De swarde Mann weer bold baben un dee heel gründlich sin Wark. Denn reep he luut:

„Kröger! Ik bün hier!"

De Kröger avers bleev achter sin Theek. Do meenen de annern Gäste: „Kröger! Nu gah doch ok hen!"

Man de Kröger sä ruhig:

„Ik will den Düvel doon! Ik will em ja gar nich sehn!"

Primaner Frank

Up'n Bahnhoff in Jever stund vör langen Jahren de ool Deenstmann Frank. He harr 'n rode Mütz up van desülvig Klöör as de Primaners van't Marien-Gymnasium. Darum nömen de Gymnasiasten em ok nich anners as „Primaner Frank".

To dissen Frank keem is mal up'n Bahnhoff 'n feinen, frömden Herr un sä, so recht van baben raf:

„Äh! Sagen Sie mal, mein Lieber! Wo läßt man sich denn in diesem Nest hier am besten rasieren?"

„Ok um de Snuut to!" sä de ool Primaner Frank. „Jüüst as in Berlin."

Suldaten

Küstenschutz

Im Krieg 1870/71 wurden an der Nordseeküste überall schwere Batterien aufgestellt für den Fall, daß die französische Flotte es wagen sollte, dort den Versuch einer Landung vorzunehmen. Die Wachposten hielten bei Tag Ausschau nach feindlichen Schiffen und auch die Leuchttürme wurden zu Beobachtungsposten eingerichtet.

Die Wachmannschaften kehrten abends in die Stranddörfer zurück und waren dort bei Bauern und Fischern einquartiert. Das Verhältnis zwischen Wachmannschaften und Zivilbevölkerung war herzlich. Man bedauerte es allgemein, als eines Tages der „Küstenschutz" das Nordseegestade verließ.

Noch lange sprach man von diesen lustigen Tagen und meinte lachend: „Ja, ja! Wir liebten die blauen Jungs, denn:

‚tagsüber beschützten sie die Küsten,
und abends küßten sie die Beschützten!'"

Die Frage

Das oldenburgische Dragoner-Regiment Nr. 19 lag in Osternburg in Garnison. Wenn es zum Manöver oder zu festlichen Gelegenheiten in oder durch die Residenz ritt, mußte es beim Schloß über die Huntebrücke.

Der Begründer und Herausgeber der „Nachrichten für Stadt und Land", Bernhard Scharf, führte eine scharfe Feder. Nun brachte er einmal die Frage: „Weshalb blasen die Trompeter nicht auf der Schloßbrücke?"

Diese Frage tauchte in den Nachrichten des öfteren auf. Der Oberst des Regiments wurde darauf aufmerksam. Er ließ den Stabstrompeter Untermöhlen zu sich kommen und fuhr ihn an:

„Sagen Sie mal – äh! – da hat so ein Dingsda in seinem Käseblatt die Frage gestellt: Weshalb? Sagen Sie mal – äh! – weshalb geschieht das nicht?"

Der Herr Stabstrompeter war baff und stotterte allerlei zurecht:

„In der Tat, Herr Oberst! Ich – ich weiß mich nicht zu erinnern, ob die Sache sich wirklich so verhält. Sollte es aber der Fall sein, so – so – ja – so wird es daher kommen, daß wegen der Enge der Brücke die Trompeter sich anders gliedern müssen und wegen dieser Störung im Marsch nicht blasen können."

„Ah! Ich verstehe! Gut! Danke!"

Der Herr Oberst ersuchte alsbald den Herrn Redakteur Scharf, zu ihm zu kommen.

Herr Scharf erschien und stellte sich vor: „Redakteur Scharf!"

„Ah! Ziemlich angenehm! – Sagen Sie mal, Sie haben sich in Ihrem Blatt darüber beschwert, daß die Trompeter nicht auf der Schloßbrücke blasen. Das hat aber seine besonderen und natürlichen Gründe."

Und nun führte der Oberst näher aus, was ihm der Stabstrompeter mitgeteilt hatte.

„Damit werden Sie, denke ich, zufrieden sein."

Herr Scharf lachte über sein ganzes verschmitztes Gesicht und erwiderte:

„Verzeihen Sie, Herr Oberst! Ich habe mir nur einen Witz erlaubt. Die Antwort auf meine Frage lautet:
Die Trompeter blasen nicht auf der Schloßbrücke, sondern auf ihren Trompeten."

Ein Sängerkrieg

Um 1890 war Oberst von Kleist Kommandeur des Oldenburgischen Dragoner-Regiments Nr. 19. Zu seiner Zeit wurde die alte Dragonerkaserne umgebaut. Kurz vor Vollendung dieser Veränderung ließ er sich vom Baumeister Backhaus, der die Arbeiten übernommen hatte, in dem Neubau herumführen. Zum Schluß fragte er ihn:

„Äh! Äh! Mein lieber Backhaus,
wo ist denn das Dragoner-Kackhaus?"

Der gute Oldenburger Backhaus ließ sich durch diesen Reim auf seinen Namen nicht ins Bockshorn jagen. Er vergalt Gleiches mit Gleichem. Mit einer eleganten Handbewegung nach einer Seite antwortete er:

„Herr Oberst von Kleist!
Der Dragoner dort drüben scheißt!"

Zuviel verlangt

Bei einer Besichtigung des Oldenburgischen Infanterie-Regiments Nr. 91 fragte der Brigadekommandeur den Flügelmann einer Kompanie, der ihm durch seine Größe und zutreffenden Meldungen angenehm aufgefallen war, auch nach seinen häuslichen Verhältnissen. Dabei entwickelte sich folgendes Zwiegespräch:

„Sind Sie verheiratet?"

„Zu Befehl, Herr General!"

„Haben Sie Kinder?"

„Einen Sohn, Herr General!"

„Na, Sie großer, strammer Oldenburger, Sie müßten doch viel mehr Kinder haben! – Wie lange sind Sie denn schon verheiratet?"

„Zwei Monate! Herr General!"

Zum drögen Schinken

In den ersten Tagen des letzten Krieges standen einzeln in Moor und Heide verstreut die Scheinwerfer der Flak. Sie mußten von Delmenhorst her mit allem Notwendigen versorgt werden.

Auf einer Versorgungsfahrt fällt der Blick des Hauptmannes auf einen Wegweiser: „Zum drögen Schinken!“ Er läßt halten: „Da müssen wir hin! Weit kann es ja nicht sein!“

Der Wagen hoppelt über den Weg. Richtig! Hinter der Baumgruppe steht eine Rauchkate. Aus der Großtür krüselt Torfrauch. Ein kleines, handgeschriebenes Schild: „Gastwirtschaft“.

In der Gaststube Holzbänke an den Wänden, davor gescheuerte Tische. Am Ofen in der Ecke ein kleiner, alter Mann, weit über die siebzig, braungeräuchert.

„Dag! Gifft't bi Jo wat?“

„To äten kann ik nix gäven! Dat is verba'n!“

„To drinken?“

„Köönt Ji kriegen!“

Der Alte holt ein paar Buddel warmes Bier und die Köömflasche. Der Hauptmann schaut sich in der Stube um: „De Klock steiht ja, Vader!“

„De Uhrmaker, de kummt ja hier nich rut!“

Der Hauptmann öffnet die Standuhr. Das Gewicht ist abgelaufen. Die Kette vom Steigrad abgesprungen. Der Hauptmann häkelt die Kette übers Rad, hakt das Gewicht wieder an und „Tick, tack, tick, tack“ sagt die Uhr.

„So! Nu geiht se wedder!“

„Dat seh ik! Ik dank ok! Un nu köönt ji ok wat to äten kriegen!“

Es gab herrlichen „drögen Schinken“.

Theater

Die Bretterbude

1832 sollte das erste Oldenburger Theater gebaut werden. In Zimmermeister Muck fand man den Mann, der sich verpflichtete, „ein hölzernes Schauspielhaus“ zu erbauen. In 82 Arbeitstagen schaffte er sein Werk. Am 12. Februar, d. h. neun Tage vor der geplanten Eröffnung, war das Theater fertiggestellt.

Nun sahen die Oldenburger die „Bretterbude“ aber sehr mißtrauisch an. Das allgemeine Urteil ging dahin, daß niemand ohne Lebensgefahr das neue Haus betreten könne. Schon war der Tag der Eröffnung nahe, und noch immer hatten sich die Bedenken nicht gelegt. Da half ein wackeres Soldatenstückchen. Ein Oldenburger Hauptmann führte seine Kompanie, von deren Zustimmung er sich vorher überzeugt hatte, in das neue Theater. 150 Soldaten trampelten unter Lärmen und Lachen durch das neue Theater, stürmten die Treppe zur Galerie hinauf und stampften mit ihren schweren Stiefeln über den Fußboden, um so den Musentempel der nötigen Belastungsprobe zu unterziehen.

„Es knackte auch nicht ein Stückchen Holz“, berichtete ein Augenzeuge. Jetzt endlich waren die Oldenburger beruhigt, und Zimmermeister Muck hatte seine Genugtuung.

Arnold Schröder

Seit 1869 gehörte zum Großherzoglichen Hoftheater Arnold Schröder, ein geborener Hannoveraner. Vielseitig begabt, dazu knorrig von Charakter, verstand er es bald, sich durch seinen Humor bei den Oldenburgern beliebt zu machen.

Als Gründer und langjähriger Herausgeber der „Oldenburger Reform", eines Witzblattes von eigenartigem Gepräge, wurde er sogar weit über Oldenburgs Grenzen hinaus bekannt. Ein Teil seiner zuerst in der „Reform" erschienenen Humoresken erschien in mehreren Bändchen in der Reclamschen Universalbibliothek.

Arnold Schröder wohnte in der Nadorster Straße. In seinem Vorgarten hatte er ein Schilderhaus in den Oldenburger Farben „blau-rot" aufstellen lassen.

Die Jungfern

Einmal schrieb Arnold Schröder in seiner „Reform", er könne alle reinen Jungfern Osternburgs mit einer Schiebkarre über die Cäcilienbrücke befördern.

Darauf gab es in Osternburg eine große Aufregung unter den jungen Damen. Sie drohten mit Rache.

Arnold Schröder aber wußte sich zu helfen. In der nächsten Nummer der „Reform" schrieb er, die Damen hätten die Sache falsch aufgefaßt. Er wolle die reinen Jungfern ja nicht auf einmal, sondern nach und nach mit der Schiebkarre über die Brücke befördern.

Die Ochsen werden wild

Um 1880 stand beim Oldenburger Infanterie-Regiment Nr. 91 ein Major Steinmann. Der hatte sich eines Tages über die Sturheit seiner Rekruten geärgert. Er beging dabei die Unvorsichtigkeit, sie „Oldenburger Ochsen" zu titulieren.

Da erschien in der „Reform" aus Arnold Schröders Feder das „Ochsenlied". Derb zupackend, verteidigte Schröder in diesem Liede die Ehre der Oldenburger. Die Beschimpfung der Soldaten sprach sich rasch herum. Es kam zu einem regelrechten Volksaufstand. Vor der Wohnung des Majors Steinmann sammelte sich die empörte Menge, stieß Flüche aus, warf Steine in die Fenster, und immer wieder ertönte nach der Melodie „Was blasen die Trompeten" Schröders Ochsenlied mit dem Kehrreim:

„Potztausend und Granaten!
Die Ochsen werden wild;
beschimpfen sich zu lassen,
das sind sie nicht gewillt!"

Major Steinmann wurde versetzt. Aber auch der alte Haudegen Arnold Schröder wurde gemaßregelt. Er mußte aus dem Theaterverband ausscheiden. Er verließ aber Oldenburg nicht, sondern gab weiterhin, im Schutze seines Schilderhauses, seine „Reform" heraus. Was er da nicht selbst sagen wollte, legte er den von ihm geschaffenen Gestalten „Heini und Fidi" in den Mund.

Von Witzleben!

Als Theaterdirektor Dr. Otto Devrient zum erstenmal auf dem Hofball im Oldenburger Schloß erschien, mußte er zunächst einigen Herren vorgestellt werden, u. a. auch Sr. Majestät stattlichstem Major von Witzleben.

Die beiden verneigten sich leicht voreinander, und der Kammerherr von Toll sprach:

„Herr Baron von Witzleben – Herr Theaterdirektor!"

Da setzte Devrient hinzu:

„Auch von Witzleben!"

Der Major erstaunt:

„Nanu? Sie heißen doch Devrient!"

„Sehr wohl, aber ich muß von Witz leben!"

Ferdinand Manns

Professor Ferdinand Manns war von 1888 bis 1913 Leiter der Oldenburger Hofkapelle (jetzt Staatsorchester). Manns hat sich mit eigenen Tondichtungen einen Namen gemacht. Vor allem war er ein bedeutender Beethovenkenner und dirigierte mit Vorliebe dessen Werke. Aber auch der Humor fehlte ihm nicht.

Der Einsatz

Ein Bläser hatte einmal beim Üben den Einsatz verpaßt. Manns klopfte ab und sagte:

„Herr N. N.! Nehmen Sie sich den Vorsatz, den Einsatz richtig zu blasen und ersparen Sie mir den Nachsatz!"

Die Blickrichtung

Während eines Übungsabends hatte eine Schülerin der Cäcilienschule, die den Damenchor verstärken half, ihr Auge auf einen mitwirkenden Primaner geworfen. Manns, dem das natürlich nicht entgangen war, rief ihr zu:

„Fräulein Drees! Richten Sie Ihre Augen auch einmal auf mich! Denken Sie, ich wäre jung!"

Der Ober

Manns hatte keine besondere Hochachtung vor Titeln. Gelegentlich spöttelte er darüber.

Einmal wurde ihm gesagt, es handele sich nicht um Amtsrichter Soundso, sondern um Oberamtsrichter Soundso. Manns meinte:

„So – so – hm – Ober – ja! Ober seh ich manchmal gern. Gehen Sie mit mir zu Maaß am Wall?"

Tatata tam!

Während der Generalprobe im Theater (es wurde Mendelssohns Elias gesungen) geriet der berühmte Bassist

Perron mit dem Takt in Konflikt, brach seine Partie plötzlich ab und rief erbost:

„Tatata, tatata, tam!"

Manns winkte ab und sagte ruhig:

„Was haben Sie?"

Perron sagte unverholen seine Meinung. Manns ließ sich nicht aus der Fassung bringen und wandte sich ans Orchester mit den Worten:

„Na denn: Tatata, tatata, tam!"

Perron sang hinreißend schön. Als er geendet hatte, ging Manns auf ihn zu, gab ihm die Hand und sagte:

„So sind wir wohl beide miteinander zufrieden!"

Brausender Beifall im ganzen Hause.

Nachwort

„Anekdoten“, sagt August Hinrichs, „schwirren durch die Luft wie Blätter eines Baumes im Herbst. Sie wehen über Hecken und Zäune in die Nachbargärten hinein.“

Auch mir sind solche Blätter in den Garten geflattert. Ich habe diejenigen herausgesucht, die nach meiner Meinung von Bäumen aus Stadt und Land Oldenburg stammen.

Da gibt es nun zwei Arten.

Eine ganze Reihe von Anekdoten ranken sich um Menschen, die wirklich in unserem kleinen Ländchen gelebt haben, um markante Persönlichkeiten, um Originale und Käuze. Was da also von dem Arzt Dr. Schüßler, dem Märchenprofessor Wisser, der Dichterin Dr. Alma Rogge, dem Schauspieler Arnold Schröder u. a. erzählt wird, das ist bestimmt Oldenburger Gewächs.

Nicht so unbedingt verbürgen kann ich mich für die zweite Art Anekdoten. Sie sind Volksgut. Sie werden – wer weiß, von wem zuerst? – erzählt, wandern von Mund zu Mund, wandern von Geschlecht zu Geschlecht, wandern von Land zu Land. Wie könnte ich darum die Hand dafür ins Feuer legen, daß der Holzvogt Jan Mengers, die Bauern Harmjans und Reent Remmers, der Kuhlengräber Hinnerk Lüttjelüschen und all die andern wirklich einen Oldenburger Geburtsschein haben?

Eines aber kann ich versichern: Ich habe all diese „kurzweiligen Geschichten“, wie Dr. Ernst Wasserzieher die Anekdoten nennt, bei uns zulande erlauscht und erlesen. Sie gehen ja auch heute noch von Mund zu Mund und manche erscheinen, bald in dieser, bald in jener Form in Zeitungen, in Zeitschriften und Kalendern.

Meine Aufgabe war es nur, sie zu sammeln, damit sie nicht vergessen werden. Ich habe sie dabei möglichst so gelassen, wie ich sie vorfand, mal hochdeutsch, mal plattdeutsch, mal gemischt-sprachig erzählt, mal derb und rauhbeinig, mal schelmisch, mal hintergründig. Kannte ich eine Anekdote in verschiedenen Formen, dann wählte ich die einfachste und damit sicher volkstümlichste Form aus.

Aber was schwatze ich lange? Ich denke, diese Sammlung Oldenburger Anekdoten spricht für sich selbst. Und wenn auch nicht jede zum lauten Lachen reizt, so hoffe ich doch, sie alle ergötzen den Leser so, daß er ausrufen möchte:

„Dat dat dat gifft!"

Vor acht Jahren erschien als erste Publikation unseres Verlages eine Schallplatte von Wilhelmine Siefkes in ostfriesischem Platt: „Tant Remda in Tirol". Diesem ersten Versuch folgten bisher fünfunddreißig Sprechplatten deutscher Mundarten. Die Reihe „Niederdeutsche Stimmen" wurde zu einer beispielhaften Sammlung.

In den letzten Jahren erweiterten wir unser Programm durch die Herausgabe einer Reihe von Büchern niederdeutscher Autoren, u. a. Heinrich Diers, Krüschan Holschen, Siegfried Kessemeier, Bruno Loets, W. A. Kreye und Wilhelmine Siefkes.

Weiter geben wir seltene Titel zur norddeutschen Landes- und Volkskunde, Geschichte und Dialektologie in unveränderten Nachdrucken heraus.

Mehr als 150 Faksimiles ausgewählter Kupfer-, Stahl- und Holzstiche des 16.–19. Jahrhunderts, von Stadtansichten, Trachten, Land- und Seekarten und von Darstellungen aus dem maritimen Bereich runden unser Programm ab.

Wir schicken Ihnen gern Verzeichnisse unserer Publikationen und unterrichten Sie von Zeit zu Zeit über unsere Arbeit.

Verlag SCHUSTER D 2950 LEER